Revolution der Räte

—

Der Autor:

Der Österreicher Dithmar Mayer ist promovierter Philosoph und Naturwissenschaftler. Er wurde 1961 zu seiner Überraschung von einer Frau in Liezen geboren, treibt sich seither in der Steiermark herum. Falls Sie ihn sehen, fragen Sie ihn nichts, er hat keine Ahnung. Er schreibt Einkaufszettel, Drohbriefe und Romane. Dies ist die elfte Entblößung seiner schieren Unvernunft.

Revolution der Räte

Warum die Sache des Volkes
das Volk nichts angeht

Dithmar Mayer

Bibliografische Information der Deutschen Nationalbibliothek: Die Deutsche Nationalbibliothek verzeichnet diese Publikation in der Deutschen Nationalbibliografie; detaillierte bibliografische Daten sind im Internet über dnb.dnb.de abrufbar.

1. Auflage, 2024 © Dithmar Mayer – alle Rechte vorbehalten. Covergestaltung: Dithmar Mayer.

Verlag: BoD · Books on Demand GmbH, In de Tarpen 42, 22848 Norderstedt

Druck: Libri Plureos GmbH, Friedensallee 273, 22763 Hamburg

ISBN: 978-3-7693-2333-7

Alles kann nur alles sein, wenn es auch das Nichts umfasst. Das Nichts seinerseits kann nur nichts sein, wenn es alles ausschließt. Das ist es, was der Österreicher meint, wenn er sagt: Des is ois nix.

Tag. Mayer mein Name. Sehr erfreut, wie man so sagt. Ja, ich war dabei. Als rechte Hand des Bürgermeisters bist du natürlich involviert. Geht nicht anders. Da ging es rund, sage ich Ihnen. Ich komme gleich zur Sache, Sie wollen vermutlich kein langes Herumgerede. Also: Es begann letztes Jahr. August war es wohl, womöglich auch Ende Juli. Es war ein Heuschreckenjahr, daran können Sie sich vielleicht noch ... Unsinn, Sie stammen nicht aus der Gegend. Ich erzähle das auch nur, weil er sie gefressen hat. Na, die Heuschrecken. Ich bringe alles durcheinander. Verzeihen Sie. Von Anfang an: Eines Tages stand er dort, wo der Grazbach in die Mur mündet. Der überbaute Bach plätschert am Augarten aus seinem Stollen. Die Stelle haben Sie sicher schon gesehen, wenn Sie je Graz besucht haben. Haben Sie nicht? Auch egal. Jetzt sind Sie hier, laufen Sie doch dort vorbei. Jedenfalls tauchte der Alte dort plötzlich auf. War auch weiter nichts dabei, darf man. Er suchte Kontakt zu einer Gruppe Jugendlicher, die sich dort aufhielt, überredete sie, sich von ihm taufen zu lassen. Er belaberte sie mit esoterischem Zeug und Hokuspokus, behauptete, der Zusammenfluss der Gewässer wäre von spiritueller Bedeutung oder derlei – Aluhutkram halt, darauf gehe ich jetzt nicht näher ein, vielleicht später. Wie der schon aussah – Hallo! Und der Gestank, sage ich Ihnen, dieser süßlich-modrige Fäulnisdunst … der Mann hatte sich bestimmt seit seiner Geburt nicht gewaschen. Dabei stand er die ganze Zeit im Wasser herum. Aber er selbst tauchte ja nie unter, das tat er mit den anderen, zuerst eben mit diesen Jugendlichen. Bald hatte er ein stattliches Gefolge. Nein, ich würde es nicht Sekte nennen, er gab ja keine Verhaltensregeln aus oder Glaubensgrundsätze – zumindest zu Beginn. Solche Leute vermitteln dir immer zuerst, du seist gut genug, das, was du bereits darstelltest, reichte aus. So fangen sie dich ein, zumal, wenn du zu jenen zählst, die am gesellschaftlichen Rand ausharren, gieren nach Anerkennung. Um ehrlich zu sein, ich hielt mich anfangs nicht in seinem unmittelbaren Umfeld auf, muss also diesbezüglich auf Erzählungen Dritter zurückgreifen. Einige Menschen sind schnell von jederlei Schwachsinn zu überzeugen, wenn man nur ein paar passende Rituale damit verquickt. Glauben Sie mir, ich brächte eine beträchtliche Anzahl Passanten dazu, eine gebrauchte Zahnbürste anzubeten und für sie ihr Leben zu lassen.

Hat man das Prinzip erst verinnerlicht, ist das keine Hexerei. Der Fremde verstand sich auf die Methode. Möglicherweise setzte er sie nicht bewusst ein. Es gebe Empathen, sagt man, die das in den Genen trügen. Ob diese allerdings Menschen taufen, ist natürlich eine andere Frage. Ich tendiere doch eher dazu, es für ein strategisches Mittel zu halten – schlagen Sie mich, na los doch! Das sollte doch nur eine Redewendung sein, Sie Rüpel. Ich verzeihe Ihnen, weil Sie noch jung sind. Warum setzen wir uns nicht auf die Parkbank dort. Ein paar Minuten werden Sie doch erübrigen können. So ist es gleich besser. Stören kann uns aus bekannten Gründen keiner. Gut, also der Täufer: Sie vermuten schon, man hat ihn mit dem Täufer Johannes verglichen, richtig? Natürlich tat man das. Das brachte die Christengemeinde auf, wie Sie sich denken können. Ich erinnere mich an eine Predigt im Grazer Dom, in der vor dem Fremden gewarnt wurde, man verlachte ihn. Ich fragte mich, wie die sich vorstellten, einen wirklichen Propheten zu erkennen, wenn sie ihn sich nicht einmal anhörten, eh sie ihn abkanzelten. Egal. Es gab Stunk. Hier beginnt meine Verwicklung in die Geschichte. Wie gesagt, ich war die rechte Hand des Bürgermeisters. Der putzte sich natürlich an mir ab. Die unangenehmen Dinge waren mein Bier. Der Boss eröffnete Spielplätze, schüttelte Hände und hielt die feurigen Reden, die ich verfasste. Man belästigte also mich mit dem Problem. Ich solle diplomatisch sein, sagte der Bürgermeister, Franz, wie ich ihn nenne. Niemand wünscht sich das Christenvolk als Gegner im politischen Leben, zugleich durfte ich aber nicht vergessen, auch die Anhänger des fremden Alten waren potenzielle Wähler. Ich musste also wie immer Fingerspitzengefühl zeigen. Mich wundert manchmal, dass meine Finger noch Spitzen besitzen. Verzeihen Sie bitte, ich weiche vom Thema ab. Ich will Sie nicht mit meinen persönlichen Problemen belasten. Danke. Sehr freundlich, dennoch … Einer der Stadträte brachte das Thema auf. Ich weiß nicht mehr, welcher es war – ist auch egal. Alle hatten bereits davon gehört, es jedoch nicht eines Tagesordnungspunktes würdig befunden. Der Pfarrer der Franziskanerkirche habe sich an ihn gewandt, meinte der Mann. Ich entsinne mich noch lebhaft der Szene.

Was willst du?, fragte der Bürgermeister, drehte die Augen über.

Ich meine ja nur, sagte der Stadtrat. Er erregt Aufsehen. Und nicht von der besten Sorte.

Was können wir schon unternehmen? Die Polizei soll ihn des Orts verweisen.

Er verstößt gegen kein Gesetz.

Na also, dann ist ja alles gut.

Nichts ist gut. Er bedroht die Stabilität unserer Gesellschaft. Das Land ist in Gefahr!

Nicht gleich hyperventilieren! Komm runter, Junge.

Ich mache keine Witze.

Ich werde die Landesverteidigung einschalten. Wie viele Panzer hältst du für angemessen?

Mach dich nur lustig. Du wirst schon noch sehen.

Ich lachte noch an jenem Tag, doch der – jetzt weiß ich es wieder – Kulturstadtrat Leichtsinner sollte Recht behalten, was die Folgen betraf. Natürlich dürfen Sie rauchen. Machen Sie sich keine Umstände meinetwegen. Ich habe selbst geraucht, bis zu drei Schachteln am Tag, die Langen, mir fällt der Name nicht ein – seltsam, nach so langer Leidenschaft. Die Gier hat keine Tiefe, sie zerfetzt nur die Oberfläche. Ja, sie haben recht, die Oberfläche der Lunge. Ha! Sie sind mir vielleicht einer – wer im Glashaus sitzt … Wo wir gerade von Rauch sprechen: Wussten Sie, das Rathaus wurde uns unter dem Hintern angezündet? Ja, nur zwei, drei Wochen später. Es war meine Schuld. Ach, ich greife schon wieder vor. Vielleicht sollte ich Ihnen verständlicher machen, mit welchem Phänomen wir es zu tun bekamen. Am besten versinnbildlichen das wohl die Wahlen, die in jenen Tagen durchgeführt wurden, die gähnende Leere in den Wahllokalen. Es kam keiner. Sie brauchen es nicht zu glauben. Dennoch ist es wahr. Der Bürgermeister wurde mit einigen hundert Stimmen wiedergewählt – das waren wir, die Parteiführung, nicht einmal alle Funktionäre. Die restlichen dreihundertundirgendwastausend Bürger hatten Wichtigeres zu tun. Wir standen schon manchem Problem gegenüber, einiges schien unlösbar, wir schummelten uns irgendwie hindurch; doch was tust du, wenn dir deine treuesten Wähler scheinbar grundlos den Stinkefinger zeigen. Den anderen Parteien ging es noch schlechter, wir ge-

wannen schließlich. Wir waren abgeschrieben, die Demokratie in Gefahr. Der Alte? Nein, es lag nicht an
dem, was er ihnen sagte. So weit mir bekannt ist,
sprach er nie über Politik. Möglicherweise haben Sie ja
recht, und hinter seinen Worten lauerten versteckte
Botschaften. Ich weiß nicht, was es war, womöglich lag
es am Wasser. Ja, lachen Sie nur. Glauben Sie mir, das
ging nicht mit rechten Dingen zu. Mir ist bewusst, wie
das klingen muss. Was heißt schlecht gewirtschaftet?
Darüber beklagen sich die Menschen doch seit jeher,
deshalb bleiben doch nicht alle zuhause, das führt
dann eher zu einer Denkzettelwahl. Die Wirtschaft war
ganz in Ordnung, weniger als ein Prozent Inflation, Fir-
menansiedlungen … darum ging es nicht.

Du kümmerst dich darum, sagte Franz. Wichtig ist,
sie denken, es geschieht etwas. Wirf ein paar Nebel-
bomben, gib ein Memo raus und Blabla.

Das tat ich. Darin hatte ich jede Menge Routine. Es
funktionierte einmal besser, einmal schlechter. Diesmal
ging es ganz schlecht. Ich hatte eine Vielzahl anderer
Projekte zu betreuen, jedes davon schien deutlich wichtiger. Als Mädchen für alles weißt du nie, wo dir der
Kopf steht. Doch die Klagen nahmen kein Ende. Allen
voran Familienangehörige der Getauften: Sie erkannten
ihre Verwandten nicht wieder. Freunde verhielten sich,
als wollten sie keinen Kontakt zu ihrem Gegenüber,
während Fremde auftauchten und vorgaben, Teil des
Lebens derselben Person zu sein, Aufmerksamkeit forderten. Arbeitsplätze verwaisten von Mittwoch auf

Donnerstag. Ich musste einsehen, es handelte sich nicht um eine Bagatelle. Was ich lange Zeit leugnete, war der Zusammenhang mit der Tätigkeit des alten Mannes. Der pittoreske Möchtegernschamane sollte so viel Macht ausüben? Lächerlich! Eine bessere Erklärung fand ich jedoch auch nicht. Ich verlegte mich darauf, die Schuld dem Zufall und der Fügung anzulasten. Dinge, die wir nicht verstünden, geschähen nun einmal, sagte ich den Klägern, und oftmals kumulierten sie, erweckten so den Eindruck, eine gemeinsame Ursache zu haben. Hier schien den Leuten der Fremde die beste Erklärung. Als er gekommen sei, habe sich alles geändert. Seid vernünftig, ermahnte ich sie, es wird sich von selbst erledigen. Das vermochte für kurze Zeit, die Wogen etwas zu glätten. Der Täufer selbst brachte sich wieder ins Gedächtnis, lieferte ihnen eine Grundlage, ihn seines Verhaltens wegen an Verdächtigungen zu koppeln. Haben Sie schon einmal von jemandem gehört, der tote Heuschrecken isst – roh? Ja, ja natürlich, Johannes der Täufer. Das war aber doch nur ein biblisches Sinnbild. Die Heuschreckenplagen brachten Armut und Leid übers Land, bis Johannes kam und das Heil verkündete, das sollte das Fressen der Heuschrecken bildlich darstellen. Genau, ich dachte mir auch, der Alte nahm seinen Job zu ernst, zu wörtlich, ging zu weit in seiner Imitation. Dummerweise war ich derjenige, welcher ihn mit den Tierchen versorgte. Ich war am Ende der Plage für deren Entfernung verantwortlich gewesen, hatte mir gedacht, es sei natürliches

Material, sie würden auf den Wiesen zu Dünger faulen; so ließ ich nur Straßen, öffentliche Plätze und derlei räumen. Jemand beobachtete schließlich den Alten, als er die Hüpfer fraß. Na halleluja! Da ging es los. Dem sei doch alles zuzutrauen, hieß es. Eine Geschäftsfrau brachte den Vergleich mit dem Rattenfänger von Hameln. Unsere Kinder seien in Gefahr, er betöre sie mit seinen Reden, bis sie ihm aus der Stadt folgen würden. Lächerlich? Ja, schon. Trotzdem. Gut, die Jugend verschwand aus der Stadt, doch er führte sie nicht an, er blieb. Aber das war viel später. Sie müssen schon ganz wirr sein, ich greife ständig vor. Ich schuf mir ein Bild des Mannes, ehe ich ihm begegnete. Täufer und Rattenfänger in einer Person: Der Mann war ein Karrierist der übelsten Sorte, das wurde mir klar. Was wäre die nächste Verkörperung, Räuber Hotzenplotz? Mir schien es lächerlich, aber auf Druck der Stadtregierung veranlasste ich, ihm den Zugang zur Mur zwischen Hauptbrücke und Augarten zu verwehren. Ich erwartete, er würde an einer anderen Stelle seine Tätigkeit wiederaufnehmen, doch schien er ehrlich überzeugt, nur die Stelle des Zusammenflusses von Mur und Grazbach sei geheiligt. Er tauchte unter. Das ist meine Fliege – rühren Sie sich nicht! Ha! Ich habe sie erwischt. Ich bin doch nicht brutal. Sehen Sie, ich lasse sie wieder fliegen. Es ist nur eine Schulung der Reaktionsfähigkeit. – Als Politiker unerlässlich. Wo war ich stehengeblieben? Ach ja, ich weiß. Ausgerechnet zu jener Zeit wurden wir von einem Jahrhunderthochwasser überrascht. Über Wochen klatschten Wassermassen vom Himmel auf die Erde wie Wasserfälle. Ich brauche Ihnen nicht zu sagen, wem man die Schuld gab. Ich hätte den netten alten Mann grundlos verjagt, hieß es, das seien die Folgen. Die Geschäftsfrau, die schon den Lynchstrick in Händen gehalten hatte, war nun schon immer seine begeistertste Anhängerin gewesen, rief jetzt zu meiner öffentlichen Strangulierung auf.

Sowas vertritt nun das Volk! Menschenfresser!

Ich kaufte ihr einen Kühlschrank ab, das hatte sichtlich günstigen Einfluss auf meine Charakterentwicklung, sie ließ sich zu einer Wahlempfehlung herab. Die Wahlen waren eben erst geschlagen, es hätte keine Auswirkungen gehabt, doch ich dankte ihr herzlich, nahm noch einen Mikrowellenherd dazu. Man drängte mich, Kontakt zum »Heiligen Mann«, wie ihn nun der Finanzstadtrat nannte, zu suchen, ihm eine Ehrenbürgerschaft anzutragen, wenn er das Unheil beende. Ich suchte ein Zweiaugengespräch mit Franz, dem Bürgermeister, wenn Sie sich erinnern.

Was kann ich dir dafür anbieten, fragte er, dich dem Alten auszusetzen? Ich weiß, du bist geruchsempfindlich.

Darum geht es doch nicht. Es ist demütigend. Es ist unsinnig. Es ist verrückt. Es ist unmoralisch. Wir haben ein verdammtes Jahrhunderthochwasser. Anstatt den Katastrophenschutz zu verbessern, willst du einen alten Wichtigtuer seinen Zauberstab schwingen lassen. Simsalabim!

Das hast du gut herausgearbeitet. Genau das will ich. Ich wusste doch, du verstehst es. Du bist der Beste. Was wäre ich nur ohne dich! Grüß mir Maria. Wir schauen in zwei Wochen mal bei euch vorbei. Und vergiss nicht, ich darf nicht zu viel Salz …

Schon war er aus der Tür. Maria hatte sich vor sieben Jahren von mir scheiden lassen. Franz sollte das wissen. Was hatte ich mir nur dabei gedacht, in die Politik zu gehen? Rettung der Region, Beseitigung der Armut, Wohlstand für alle … gut, in Wahrheit dachte ich an ein gutes Einkommen, SUV und Architektenvilla am Stadtrand. – Egal, das gehört nicht hierher. Kann es sein, ich halte sie auf? Sie sind nicht hierhergekommen, sich die Geschichten eines Lokalpolitikers anzuhören, richtig? Journalist, sieh an, Sie überraschen mich. Sie stellen keine Fragen, lassen mich plappern wie ein Waschweib. Wenn Sie meinen, dann erzähle ich einfach weiter. Lassen Sie uns ein wenig am Murufer spazieren. Unsere Beine können ein wenig Bewegung gebrauchen.

Ich machte den Alten ausfindig, was sich als gar nicht so einfach erwies. Seine Jünger reichten ihn herum, er schlief jede Nacht in einer anderen Wohnung. Es galt als gewährte Ehre, den Täufer beherbergen zu dürfen. Die Tochter des Umweltstadtrats gab den entscheidenden Hinweis. Eine ihrer Freundinnen hatte dem Mann die unbelegte Einliegerwohnung im Untergeschoss ihres Elternhauses zur Verfügung gestellt. Er verließ diese gerade, als ich ihn auf der Straße abfing. Er war leicht zu erkennen: grauer Rauschebart, Halbglatze, die Gesichtszüge eines der Apostel im berühmten Dürergemälde. Seine Ausdünstungen waren nicht zu beschreiben, seine Jünger nicht zu beneiden. Es mochte eine Prüfung ihrer Hingabe sein, in seiner Nähe zu verweilen. Ich lief ihm hinterher, tippte auf seine Schulter. Er wandte sich um, warf mir einen Blick zu, als hätte ich seine Oma geküsst.

Verzeihung, sagte ich, ich wollte mit Ihnen sprechen.

Wann wollten Sie das?

Jetzt.

Warum erzählen Sie mir dann, was Sie tun wollten, anstatt es einfach zu tun?

Ich spreche doch mit Ihnen.

Sie leiten ein. Wo ist die Botschaft?

Ich ... äh ... Hallo.

Gehen Sie!, sagte er, Sie stehlen meine Zeit. Er wandte sich zum Gehen.

Das Hochwasser, rief ich ihm nach. Können Sie etwas dagegen tun?

Nein.

Er lief die Auersperggasse entlang davon. Keiner konnte mir vorwerfen, es nicht versucht zu haben. Sie haben schon recht, ich hätte mich mehr bemühen können, doch ich hatte meine Antwort erhalten, das war alles, was ich wollte. Wie Sie, so begnügten sich auch meine Auftraggeber nicht mit der Botschaft, die ich ihnen übermittelte. Ich versuchte, den Wundergläubigen beizubringen, er sei nur ein alter Mann mit strengem Geruch, kein Wetterheiliger. Sie sollten Petrus oder

Christophorus anrufen, wenn sie Gebete für wirkungs-
voller hielten als Schutzmaßnahmen oder Rettungsein-
sätze. Franz verfiel in Panik, er hatte bereits überall be-
kanntgegeben, das Problem sei gelöst.

Du lässt mich im Stich, sagte er, du löst doch immer
alles. Warum jetzt nicht?

Weil ich keine Wunder vollbringen kann, so wenig
wie der alte Mann.

Mein Job war in Gefahr, viele Fehler konnte ich mir
nicht mehr leisten, Franz hasste Umstände. Die Regenfälle endeten, Keller wurden ausgepumpt, es gab auch
Leichtverletzte. Doch schien sich nach einer Weile die
Lage zu beruhigen. Der Frieden trog.

Achten Sie nicht auf meinen Schuh. Ich sagte doch,
Sie sollten nicht auf meinen Schuh achten. Ja, ich bin in
Hundekot getreten – na und? Ist Ihnen das noch nie
passiert? Der üble Geruch hält sich doch in Grenzen.
Gut, Sie haben recht, es breitet sich jetzt erst richtig aus
– hier zeigt sich der Zusammenhang zwischen Zeit und
Raum, nicht wahr? Ich denke, es wird Zeit für mich,
nach Hause zu gehen. Möchten Sie mehr hören? Was
danach geschah, wurde von der Stadtschreiberin fest-
gehalten. Sie stellte ihr ursprüngliches Projekt, ein Sti-
pendiat, für das sie eine Einladung der Stadt erhalten
hatte, hintan, widmete sich fortan den Vorkommnissen
jener Tage, erstellte quasi in Echtzeit einen Bericht in
Form einer Erzählung. Sie haben Glück. Ich führe ein
ungebundenes Exemplar mit mir. Ich legte es heute
meinen Kollegen vom Stadtrat vor, doch die waren

nicht interessiert, wollten nicht an diese Zeit erinnert werden. Hier, nehmen Sie! Als Journalist werden Sie es zu schätzen wissen. Es ist zwar kein objektiver Bericht, aber die junge Dame hat ihre Figuren in ein wahrhaftiges »Setting« – so nennt ihr das wohl heute – eingebettet. Sie dürfen die Abschrift behalten. Ich habe ein weiteres Exemplar zuhause. Ich bin müde. Darf ich mich verabschieden? Viel Vergnügen bei der Lektüre. Leben sie wohl, junger Freund.

Der Zettelstoß flattert im aufkommenden Wind. Der Titel ist im Gegensatz zum Fließtext von Hand geschrieben, bloß ein Arbeitstitel der Autorin.

Das Wahrzeichen

Niemand konnte sich oder gar anderen erklären, woher das Ding gekommen war. Sowas fiel doch nicht vom Himmel – oder doch? Unsinn. Der Brocken war geschätzte zwanzig Meter lang und je fünfzehn Meter breit und hoch. Die Oberfläche glich einem Felsen, unregelmäßig, aufgeraut, insgesamt ein schlampiges Ellipsoid. Es lastete auf der Acconci-Insel, nahm fast deren gesamte Breite ein. Die künstliche Insel schwamm auf dem Fluss, sie war an den Ufern mit Stahlseilen festgezurrt. Das Gewicht des Felsens hätte sie auf den

Grund drücken müssen. Ein Taucher stellte fest, es war nicht so. Erste Gerüchte kamen auf, der Klotz sei hohl, bloß aus Pappmaché, Aktionskunst oder ein Scherz. Doch selbst das hätte Aufsehen erregt, egal zu welcher Tages- oder Nachtzeit. Jemand hätte die Manipulationen bemerkt. Natürlich war der Verdacht auch schnell widerlegt, nachdem der erste Mutige das Gebilde zu berühren wagte.

Es fühlt sich an wie ein Stein, sagte er, Kalkstein womöglich.

Die Insel war jedenfalls zerstört. Der gläserne Aufbau, welcher ein Lokal beinhaltete, die Sitzrampen für Veranstaltungen – ein Trümmerhaufen. Glasscherben fanden sich sogar noch an beiden Ufern. Das Ding war mit Wucht auf die Insel – Geschenk eines Künstlers und Architekten an die damalige Welthauptstadt – gefallen. Weiß Gott woher. Hubschrauber wären zu laut gewesen und wohl auch zu schwach. Die vorläufige öffentliche Erklärung machte Kräfte der Natur verantwortlich. Man würde die Umgebung nach Zeichen einer Eruption absuchen, einem streng abgegrenzten geodynamischen Ereignis.

Natürlich glaubte niemand an diesen Zufall. Ein Passant wetterte.

Ein einzelner Fels, der geräuschlos von der Erdoberfläche hochgeschleudert wurde, um passgenau auf einem Wahrzeichen der Stadt zu landen! Die verschweigen uns doch etwas. Die verkaufen uns für dumm.

Aber nein, sagte ein alter Mann, der Täufer, wie ihn alle nannten. Das seid ihr doch schon.

Wochenlang hatte niemand von ihm gehört, nun stand er inmitten der Menschenmenge. Im nächsten Moment war er verschwunden.

Er hat es vorhergesagt, sagte jemand aus der Menge. Es wird niederkommen auf euch und euresgleichen, das waren seine Worte.

Es?

Er erklärt nie genauer, was er meint. Die sind so.

»Die« machen sich gern wichtig. Mit vagen Andeutungen sagt man alles und nichts.

Ich sag' ja nur.

Was tun wir nun, Leute? Der Kastanienbräter übernahm die Führungsrolle.

Wir bilden ein Komitee, sagte eine Radfahrerin.

Au ja, pflichtete ihr eine deutsche Touristin bei, klatschte in die Hände.

Na gut, entschied der Kastanienbräter. Wir treffen uns in einer Stunde im Schlossbergrestaurant. Das wär' doch gelacht.

Nach einem kleinen Applaus für den Herrn mit der Lederschürze stob die Menschenansammlung auseinander. Freilich drängten weitere Schaulustige nach, wollten den Brocken begutachten. Bald erschienen Einsatzkräfte, riegelten den gesamten Bereich zwischen Mur- und Keplerbrücke ab, die Kais links und rechts der Mur wurden in diesem Abschnitt geräumt, Zugangsstraßen gesperrt. Auf den Brücken forderten Polizisten die Passanten zu raschem Weitergehen auf, niemand durfte verweilen. Die Stadtverwaltung stellte eine Einsatztruppe zusammen. Die rechte Hand des Bürgermeisters, Jakob Mayer, den aus unerfindlichen Gründen alle Willi nannten, organisierte den Einsatz. Nicht nur war er Mädchen für alles, er hatte auch als einziger aus der öffentlichen Verwaltung Kontakt zum Täufer gehabt, das adelte ihn in gewisser Weise. Niemand zweifelte daran, er wäre nach den nächsten Wahlen Bürgermeister von Graz, es sei denn, der Täufer wendete sich gegen ihn. Willi gab nie bekannt, welche Botschaft ihm der Täufer bei ihrem Zusammentreffen mit auf den Weg gegeben hatte. Dieses Geheimnis umduftete ihn wie Rosenwasser. Viele behaupteten, das Aufleuchten seiner Aura kurz vor Mitternacht beobachtet zu haben. Inwieweit dies mit dem Bierkonsum jener Zeugen zu tun hatte, sei dahingestellt. Willi war der Mann der Stunde. Wer nicht gesehen hatte, wie er auf seiner Plattform stand und Anweisungen gab, hatte nichts gesehen, gar nichts. Er hätte jede haben können, wäre er nicht zu beschäftigt gewesen – die Krux des Lebens. Eigentlich bekam er keine ab, etwas an ihm könnte vertrocknet und abgefallen sein, doch diese Spekulationen führen zu weit. Zurück zu den Ereignissen jener Zeit. Der Fels wurde mit allen Mitteln untersucht, zuerst aus einiger Entfernung. Er könnte gefährliche Strahlen absondern, meinte Willi. Nach den üblichen Strahlentests wurde ein spezielles Gerät des amerikanischen Militärs eingeflogen. Ein Nighthawk Helikopter umrundete das fragliche Objekt. An den Kufen des Fluggeräts war ein Stahlseil befestigt, das einen schwarzen Kasten hielt, an dem verschiedenfarbige Leuchten blinkten.

Weihnachten!, rief ein kleiner Junge. Die versammelten Passanten umarmten einander, sangen eine Strophe aus Stille Nacht, dann ertönte ein Alarm. Der Kasten hatte etwas gefunden. Nein. Halt. Alles auf Anfang! Es war Samstag, die Mittagssirene rief zum Wochenende. Dennoch flohen einige Schaulustige in die nächsten umliegenden Lokale und betäubten ihren Schreck mit Bier, richtig viel Bier. Willi und seine Mitarbeiter ließen alles fallen, trafen sich im Garten des Finanzstadtrats und tranken richtig viel Bier. Nur die Amerikaner umrundeten weiterhin das fremde Ding, ungläubig bestaunt von den Steirern: Die arbeiten am Wochenende. Kulturlose Cowboys! Danach flüchteten die Einheimischen zu ihren Landsleuten und tranken richtig viel Bier.

Am Montag kehrten Willi und seine Mitarbeiter an ihren Arbeitsplatz zurück. Die Amerikaner waren verschwunden. Ein Telefonat mit der amerikanischen Botschaft verlief erfolglos. Der Botschafter selbst ließ sich nicht dazu herab, mit einem Provinzpolitiker zu sprechen, seine Mitarbeiter wussten von nichts. Willi bat Franz, seine höhere politische Funktion zu nutzen, doch der wurde nur zum Bundeskanzleramt verwiesen, wo man ihm mitteilte, das alles ginge ihn nichts an.

Was heißt, das geht dich nichts an?, fragte Willi. Es spielt sich hier ab, in deiner Stadt.

Ach Willi, bring mich nicht gegen meine Leute auf, das wäre politisch unklug.

Du trägst die Verantwortung für diese Stadt und ihre Bürger, dafür haben sie dich gewählt.

Du klingst schon wie ein politischer Gegner. Du weißt, diese Verantwortungssache liegt mir nicht, ich will doch bloß Bürgermeister sein. Gibt es denn gar nichts zu eröffnen?

Nein. Das heißt … Ich habe eine Idee.

Am Dienstag in aller Frühe stand Franz in seinem schönsten Steireranzug an der Hauptbrücke, umringt von lokalen Funktionären, eine große Schere in Händen und ein breites Grinsen im Gesicht. Willi strahlte ebenso glücklich in die Kamera des IT-Beauftragten, der unbedingt seine neue Sony ausprobieren wollte, die mehr Megapixel aufwies als der Himmel Sterne. Selbst der Pfarrer der Stadtpfarrkirche war mitgekommen. Willi hatte für Franz eine zündende Rede geschrieben. Zuerst wollte er seinen Einkaufszettel kopieren, doch man wusste nie, ob Franz nicht doch einen lichten Moment hätte und verstünde, was er da las. Der Bürgermeister blähte seinen Busen und erging sich zwanzig Minuten lang.

… und erkläre hiermit das fremde Objekt zu einem Wahrzeichen unserer Stadt und unterstelle es als solches der Stadtverwaltung. In diesem Sinne …

Er schnitt das Flatterband mit der Schere entzwei. Die Schergen applaudierten. Passanten klatschen ebenfalls in die Hände, wussten sie auch nicht, worum es ging. Wer klatschte nicht gern? Es machte so schön patsch! Eine respektable Menschenmenge bildete sich, durchschritt den verbotenen Bereich. Nun wurde es spannend. Der Pfarrer wagte sich bis an das Objekt heran. Er zückte sein silbernes Segnungsdingsbums und taufte das Ungetüm auf den Namen Arthur. In diesem Moment tauchte der alte Täufer aus der Menge.

Zu spät, sie heißt bereits Sieglinde, sagte er. Ich habe sie letzten Dienstag getauft.

Letzten Dienstag war sie – nein, er – noch gar nicht hier, protestierte der Pfarrer.

Muss ich Ihnen erst erklären, was Diesseits und Jenseits sind?

So jenseitig wie Sie bin ich schon lange. Aber gesegnet wird im Diesseits. Wohin haben Sie Ihr Wasser gespritzt?

Ich sagte »blubb« und die Segnung passierte ganz von selbst ... drüben.

Willi musste schnell handeln.

Alle Rechte den Asexuellen, schrie er. Es heißt Arthur Sieglinde Bergmann. Ende.

Keiner wagte zu widersprechen, insbesondere deshalb, weil nur Willi über den Familiennamen Bescheid wusste. Wieder bestätigte sich, die rechte Hand des Bürgermeisters verfügte über Spezialwissen, das nur den Eingeweihten offenbart würde. Man munkelte, er

habe sich mit dem Täufer abgesprochen und die Gießkanne zur Taufe mitgebracht. Willi besaß gar keine
Gießkanne – lächerlich!

Die amerikanische Präsidentin Patricia Twinklestar ließ
über einen Social Media Channel ausrichten, man würde die überhastete Segnung, welche eindeutig eine
Agenda verfolge, so nicht akzeptieren, vielmehr betrachte man den Vorgang als nicht legitim, schon gar
nicht legal. Dies war die freie Übersetzung. Ihr Post
lautete: Fake!!!:((

Franz erschien schwitzend zur Stadtratssitzung.

Internationale Verwicklungen, hustete er in sein Ta-
schentuch. Dafür verlangt der amerikanische Botschafter mindestens zwei Arnulf Rainers oder einen frühen
Gottfried Helnwein. Wir müssen etwas unternehmen.
Willi, rede!

Kein Helnwein mehr, sagte Willi, wir haben kaum
noch welche.

Das ist nicht, was ich hören wollte!

Ich habe mit dem deutschen Kanzler telefoniert. Er
sagt, er sei unter gewissen Bedingungen bereit, das
Wahrzeichen anzuerkennen.

Welche Bedingungen?

Zwei Lipizzaner und ein Wiener Sängerknabe im
Tutu.

Wieso im Tutu?

Ich hinterfrage die Vorlieben des deutschen Kanzlers
nicht. Wenn er das Ding als Grazding anerkennt, folgt

ihm sicher die ganze EU. Dann kann sich die Tussi im Mississippi brausen.

Na gut. Ich denke, das lässt sich arrangieren. Warum kann nicht einfach einmal jemand sagen: Franz, das hast du gut gemacht. Wir bewundern deine Weitsicht und Bescheidenheit angesichts der Stürme, welche dir ins Gesicht wehen. Du bist hinreißend, Franz.

Zu viel Text, sagte Willi. Franz, du bist in Ordnung, hätte ich anzubieten.

Besser als nichts. Ich nehme es. Du könntest übrigens auch einmal etwas tun, Willi.

***

Mittlerweile fand im Schlossbergrestaurant die zweite Sitzung des Komitees zur Förderung des Verständnisses plötzlich erscheinender Felsbrocken statt. Eine Gruppe von Versicherungsvertretern unterbreitete den Vorschlag, das Thema auf die korrekte Benutzung vibrierender Lusthilfen auszudehnen, was mit den Stimmen der Speditionsfachleute und der Mathematiklehrer angenommen wurde. Nach einer kurzen Inaugenscheinnahme entsprechender Werkzeuge legte man eine Rauchpause ein.

Ich möchte wirklich nicht vom dringenden Thema des Lustgewinns in der Metropole ablenken, sagte der Mann in der Lederschürze. Nur kurz: Hat schon jemand eine Ahnung, worum es sich bei dem Felsbrocken handeln könnte und wer ihn so heimtückisch hinterlegt haben mag?

Dafür ist jetzt wirklich keine Zeit, sagte ein Bibliothekar. Ist Ihnen nicht klar, wie sehr wir mehr Spaßes im Liebesspiel bedürfen?

Äh, nein?

Also Folgendes: Im Einerlei des Alltags …

Leute, es tut sich etwas!, rief der Zeitungsausträger mit dem Nietsche-Schnauzbart, der eben in den großen Saal stürmte. Wir müssen runter zu dem Ding.

Du unterbrichst einen lehrreichen Vortrag des Bibliothekars, sagte der Maronibräter. Ich hoffe, du hast einen guten Grund dafür.

Der Fels, sagte der Schnauzbärtige. Er macht Geräusche.

Geräusche?

Das Komitee beschloss eine Verlegung der Tagung zur Hauptbrücke. Ein Immobilienmakler votierte dagegen, wurde jedoch von den Kellnerinnen überstimmt. Es gab eine Stimmenthaltung – keiner kannte den Mann, aber er trug schöne Schuhe. Man gab ihm einen Extrapunkt, eine zweite Stimmenthaltung sozusagen, woraus sich eine wilde Diskussion entspann, ob man sich der Bruststimme ebenso enthalten konnte wie der Kopfstimme. Dennoch siegten die Kellnerinnen. Geschlossen lief die Gesellschaft den Schlossberg hinab. Minuten später standen sie vor der Dreifaltigkeitskirche nahe dem gesperrten Erich-Edegger-Steg. Sie starrten das mysteriöse Ding auf der Murinsel an. Das Fallen einer Stecknadel hätte man nicht gehört, aber gewiss einen Trompetenstoß. Niemand stieß Trompete. Nach einer Minute war aber eine Art Rülpsen wahrzunehmen.

Da ist es wieder, rief der Zeitungsausträger. Es hat einen üblen Magen.

Es ist nicht der Magen, wandte ein Urologe ein. Es muss die Blase sein.

Hat es eine Blase?, wagte der Maronibräter, zu fragen.

Zweifeln Sie meine Kenntnisse an?

Ja.

Da drüben ist die Blutwiese. Komm, wenn du dich traust.

Beruhigt euch, sagte der Bibliothekar. Ich würde gern auf das Thema Vibratoren zurückkommen.

Später, Hemingway. Der Mann in der ledernen Schürze wischte mit der Linken über seine Nase. Seit wann rülpst das Ding?, fragte er den Zeitungsausträger.

Ich weiß nicht, vielleicht seit einer halben Stunde.

Hm!

Was hm?

Hm eben!

Die deutsche Touristin meldete sich zu Wort.

Es lebt, sagte sie.

Es?

Arthur Sieglinde.

Arthur Sieglinde ist ein Fels, wie könnte er leben?

Sie gebiert etwas, mischte sich die Radfahrerin ein. Bei mir war das ganz ähnlich damals, als der kleine Uwe …

Unsinn. Felsen gebären nicht.

Was schlagen Sie vor?

Ruft einen Gynäkologen.

Sallmeier soll gut sein, meinte die Radfahrerin.

Quatsch keinen Mist, fiel die Besitzerin einer Würstelbude am Hauptplatz ein. Nur der Kormann kommt in Frage, der hat Hände wie Samt und riecht nicht aus dem Mund.

Wollen Sie behaupten Sallmeier rieche aus dem Mund?

Ich will gar nichts behaupten. Es ist eine Tatsache.

Und wissen Sie was Kormann tut? Er … er … tropft aus der Nase, jawohl, das tut er. Er tropft.

Du wirst sehen, wer hier gleich tropft, du Schnalle.

Aber meine Damen, beschwichtigte der Bibliothekar. Mäßigen Sie sich. Ich bitte Sie. Wollen wir uns nicht lieber dort hinsetzen und uns über das neue Vibratorenmodell unterhalten? Das mit extra Turbo.

Nein wollen wir nicht, Alter. Die Radfahrerin stampfte auf. Der Kastanienbräter ging dazwischen.

Leute, sagte er. Leute, sagte er noch einmal, dann drehte er sich weg und hustete.

Er ist krank, sagte die deutsche Touristin.

Das ist Sieglinde, sagte der Zeitungsausträger. Sie macht ihn krank.

Ein Virus, sagte der Urologe. Sie trägt einen Virus.

Vielleicht ist sie ein großer Virus, argwöhnte der Bibliothekar.

Ein dermaßen großer Virus könnte dich nicht anstecken, bemerkte ein Automechaniker. Wie sollte er denn in deine Blutbahn geraten?

Ein Virus mit telepathischen Kräften, schlug der Zeitungsausträger vor.

Arthur Sieglinde rülpste erneut. Ringförmige Wellen breiteten sich rund um die Murinsel aus.

Das kenne ich aus Jurassic Park, sagte der Urologe. Jetzt kommen die Dinosaurier.

Niemand kommt, sagte der Kastanienbräter. Er breitete die Arme aus, senkte sie langsam. Wir beruhigen uns jetzt alle und überlegen, was zu tun ist.

Das klingt gut, sagte die Radfahrerin. Der Zeitungsausträger nahm den Ball auf.

Ich schlage vor, wir schlagen die Hände über den Köpfen zusammen und laufen in blanker Panik davon.

Ein interessanter Vorschlag, räumte der Maronibräter ein, Stimmen wir darüber ab.

Sieben Minuten später stand fest, »ja« hatte gewonnen. Die Mitglieder des Komitees schlugen in beachtlichem Gleichklang die Hände über ihren Köpfen zusammen, schrien, so laut sie konnten, rannten in Richtung Kepplerbrücke davon.

***

Auch Willi und seinen Kollegen war die Kunde zu Ohren gekommen, das Objekt habe sein Schweigen gebrochen. Es war Zeit, ein paar Fragen zu stellen. Er ließ sich von einem Kran auf der Hauptbrücke in Augenhöhe zu dem Ding heben, ein Megafon in Händen. Er trug ein dottergelbes Kostüm und einen ebensolchen Helm.

Der faule Willi, riefen die Passanten, summten enthusiasmiert.

Willi ließ sich nicht beirren, die Fans mussten warten. Arthur Sieglinde Bergmann rülpste.

Was willst du, schrie Willi in sein Megafon.

Keine Antwort.

Frau Bergmann, glauben Sie nicht, Sie können uns Angst machen. Wir hatten schon mit ganz anderen Gegnern zu tun.

Arthur Sieglinde rülpste laut. Willi duckte sich, kreuzte die Hände über dem Kopf. Langsam erhob er sich wieder, nahm das Megafon vor den Mund.

Hallo Sieglinde, wie geht's so?

Keine Reaktion.

Du bist uns doch nicht böse, weil wir dich nicht zugedeckt haben? Ich kann dir eine Plane überstülpen lassen – kein billiges Plastik, hochwertiges Öltuch, da lassen wir uns nicht lumpen. Die Stadtregierung heißt dich herzlich willkommen. Franz hier, also der Bürgermeister, er hat dich bereits mit allen Ehren eröffnet, der Herr Pfarrer hat dich gesegnet, immerhin, kriegt auch nicht jeder, unsereins muss schon krepieren dafür, nicht, dass ich dir damit drohen will, auf keinen Fall, wir sind doch Freunde, nicht wahr? Hörst du mir zu Sieglinde? Arthur? Spielt das Geschlecht eine Rolle für dich? Wir wollen nicht deine Privatsphäre verletzen, hier wird gegendert wie verrückt, glaub mir.

Arthur Sieglinde rülpste. In diesem Moment erschien eine Trachtengruppe auf der Hauptbrücke. In der ersten Reihe standen Mädchen im Alter zwischen acht und zehn Jahren. Ein alter Mann mit Ziegenbärtchen wedelte einen Stock umher, gab den Einsatz.

Ding von irgendwo
Wir sind so froh
Holladio
Ding von großer Zier
Was willst du hier?
Bier?
Ding, lautes du
Gib doch Ruh'
Juhu

Wer hat den Text verbrochen?, wollte Franz wissen.

Willi, sagte der Finanzstadtrat. Er hat eine geheime Botschaft eingeflochten. Nur Eingeweihte verstehen sein zart gesponnenes Gedankenwerk.

Na gut, sagte Franz. Das nächste Mal will ich aber unterrichtet werden.

Im Laufe des Tages wiederholte Arthur Sieglinde ihre/ seine Geräusche. Die Menschen gewöhnten sich daran.

Sieglinde war halt so, eine typische Frau eben – sagen nichts und erwarten, du weißt, was los ist. Willi kannte solche Frauen gut: Du verstehst mich nicht, nie verstehst du mich, du hast kein Einfühlungsvermögen, du willst nicht wissen, was mich umtreibt, meine Träume und Wunden, meine Gefühle, hach; ich lebe allein neben dir her, du redest kaum mit mir, und wann trägst du mal den Müll runter? Ich arbeite mindestens so hart wie du und dann noch der Haushalt, im Bett ist ja auch nicht mehr so viel mit dir los, von wegen ich werde dich ewig lieben, du bist die schönste Frau der Welt; du hockst nur blöd vorm Fernseher herum; da lässt man sich zu einem mit einem Kurzen herab, weil man denkt, er ist vielleicht nett, aber er hat einen Kurzen und ist nicht nett, ich hätte einen mit einem Langen haben können, der wäre vielleicht auch nicht nett gewesen, aber zumindest hätte er einen Langen; Willi, du bist ein verdammter Versager, hörst du? Ein Versager, jawohl. Gut, jetzt hat sie einen mit einem Langen, so what? Ich bin viel glücklicher allein, juhu. Wen interessiert das ganze Zeug, Sex, Liebe, Befriedigung, Zärtlichkeit, Verständnis, zusammen beim Ofen sitzen, Arm in Arm; mir geht's gut, ausgezeichnet, ich könnte Luftsprünge machen, hoffentlich bleibt es immer so, Jahr um Jahr, wo ist der Cognac? Ich will jetzt meine Ruhe, nur ich und mein Cognac in der Besenkammer; macht es gut, Leute!

Am nächsten Morgen kroch Willi auf allen vieren ins Rathaus, zwischen den Zähnen Speisereste und die Blüten der Rose, die er sich selbst zum Geburtstag geschenkt hatte. Keiner hatte gratuliert, das störte ihn überhaupt nicht, es machte ihn glücklich, ha! Er feierte ganz allein, der ganze gute Cognac gehörte ihm, nur ihm. Jippie. Warum er die Rose gefressen hat? Haben Sie keine eigenen Probleme? Was wollen Sie eigentlich! Gestern auf dem Nachhauseweg hatten ihn drei Skinheads im Stadtpark belästigt. Er grüßte sie höflich, während sie die Elastizität seiner Nase prüften. Mit Schmerzen erreichte er seine Wohnung. Er wusste, das war wieder eine Chance. Das hatte man ihm in einem Motivationskurs erklärt: Was immer dir widerfährt, es ist eine Chance. Mach etwas draus. Er machte einen Wickel draus, Essigwickel – brennt, stinkt, tut weh: eine Chance mehr. Das Leben war voller Chancen, an jedem wundervollen Tag, heißa! Vor der Tür zum Konferenzsaal stand kein Geringerer als der Täufer.

Haben Sie einen Namen?, fragte Willi.

Ja, sagte der Täufer. Beide waren zufrieden und umarmten einander. Dann schubste der Täufer Willi von sich.

Ihr werdet alle sterben, sagte er.

Ach so, sagte Willi. Ich dachte schon, es handle sich um etwas Ernstes.

Donnerstags nie, entgegnete der Täufer.

Heute ist Dienstag, sagte Willi.

Ihr werdet alle sterben.

Das haben wir bereits abgehandelt. Was ist die Botschaft?

Ihr werdet alle sterben.

Es war nett, mit Ihnen zu plaudern. Ich muss mich wieder den dringenden Anliegen der Bürger widmen. Haben Sie einen guten Tag. Grüßen Sie Ihre Gattin von mir. Keine Gattin? Dann grüßen Sie irgendjemanden. Vielleicht freut er sich.

Willi betrat den Konferenzsaal. Alle Stadträte waren bereits anwesend, Franz thronte am Kopfende des Tisches. Einschub: Was ist ein Kopfende? Laut Duden: oberes oder vorderes Ende (Beispiel: am Kopfende der Tafel, der Mole). Mein persönliches Kopfende befindet sich am Ende einer Reihe von Starkbieren und Kräuterschnäpsen, am besten in Form von U-Booten. Was, jedoch, ist das Kopfende im Allgemeinen? Der Kopfschmerz des letzten Mohikaners, der neugewählte Präsident von Feuerland oder Max Headroom? Das Kopfende des Universums ist ganz klar der Andromedanebel, das Ding klingt schon so nach Kopfweh. Können wir bitte aufhören, vom Kopfende zu sprechen? Ich bin es leid. Sagen wir doch Schmalseite der Tafel oder irgendwas Geometrisches, Quadradzirkel des Hypnodroms, Eikosaschnitzel, mir egal. Danke. Ende des Einschubs. Also, Franz saß am ??? des Tisches, kratzte sich am Hinterkopf, arbeitete sich dann kleine Achten beschreibend bis zur Stirn vor. Alle blickten auf Willi, der sich dem Bürgermeister näherte.

Was sitzt du hier am ??? des Tisches?, sagte er zu Franz.

Als Bürgermeister steht es mir zu, am ??? des Tisches zu sitzen, antwortete dieser.

Na gut. Ich habe eben mit dem Täufer konferiert, er erzählte erst unwichtiges Zeug, wir würden alle sterben müssen oder so etwas, dann sagte er aber etwas Wichtiges: donnerstags nie.

Was ist donnerstags nie?

Das habe ich noch nicht herausgefunden. Ich arbeite dran.

Du hast nicht mehr den Elan deiner frühen Jahre, Willi. Bist du sicher, du bist den Anforderungen deines Postens noch gewachsen? Nebenbei: Du hast Rosenblüten zwischen den Zähnen.

Achten Sie nicht auf den Mann hinter dem Vorhang.

Hh?

Der Zauberer von Oz. In Franzsch: Geht dich einen Feuchten an.

Wo du grade den Feuchten erwähnst …

Später. Sag mir lieber, was ich wegen der Neuigkeiten unternehmen soll. Arthur Sieglinde macht Geräusche.

Ich bin bloß der Bürgermeister. Du musst wissen, was zu tun ist. Wozu bezahlen wir dich!

Die Amis haben wir vergrault, die hätten vielleicht ein Gerät aufgetrieben, mit dem die genauere Identifikation der Geräusche möglich gewesen wäre.

Welche Geräte stehen uns zur Verfügung?

Ohren.

Immerhin. Was kosten die? Mir ist kein Einsatz zu hoch für das Wohlergehen meiner …

Ja, bla, ist schon gut, bla. Ich nehme mich der Sache an. Willi setzte sich an den Tisch. Franz strahlte.

So kenne ich meinen Willi. Einen Applaus für unseren Willi.

Der Kulturstadtrat applaudierte im Namen der andern, der hatte Übung darin. Schließlich erhob sich der Baustadtrat.

Ich bekenne, sagte er.

Nicht der schon wieder!, seufzte der Finanzstadtrat.

Ich habe meine Mutter nicht geliebt, setzte der Baustadtrat fort.

Wir wissen, Albert, sagte der Bürgermeister. Setz dich.

Ich will nicht sitzen, ich will bekennen.

Hat jemand einen Schokoriegel für Albert?

Ich hätte eine Leberkäsesemmel anzubieten, sagte der Grüne.

Du weißt doch, Albert mag keinen Leberkäse.

Deshalb kaufe ich ihn. Meine Jause ist meine Jause.

Dass du kein Philantrop bist, wissen wir.

Verdammte Grüne!, rief der Sozialstadtrat.

Ich bekenne, sagte Albert.

Du hältst das Maul, Albert.

Verdammte Grüne, rief Albert.

Verdammte Grüne, riefen alle, außer dem Grünen.

Verdammte Grüne, rief der Grüne.

Nächster Tagesordnungspunkt, sagte Franz.

Alberts Frau färbt sich jetzt rot, sagte der Finanzstadtrat. Ich beantrage, das öffentlich zu ignorieren.

Antrag angenommen, sagte Franz. Nächster Punkt.

Der Gesundheitsstadtrat wagte, seine Hand zu heben.

Der Täufer hat gesagt, wir werden alle sterben. Nicht, dass mich dass bekümmerte, nein, doch als Gesundheitsstadtrat muss ich zumindest auf die negativen Folgen des Todes hinweisen: Man lebt nicht mehr, das heißt, man kann kein Geld ausgeben, das könnte sich auf die Wirtschaft auswirken.

Das habe ich längst durchdacht, sagte der Wirtschaftsstadtrat. Das Sinken der Wirtschaftsleistung wird durch den Wegfall der Gehaltsempfänger wieder ausgeglichen. Es ist ein Nullsummenspiel.

Was ist jetzt los, rief der Bürgermeister.

Im Hintergrund schlug der Sockenstadtrat auf den Geschirrspülstadtrat ein. Die zwei vertrugen sich von Anfang an nicht, man vermutete, weil sie Sozialisten waren, es mochte aber auch mit ihrer Hautfarbe zusammenhängen. Einer war weiß wie Erbrochenes, der andere weiß wie Eiter.

Immer diese Minderheitengruppen, sagte der Grüne.

Damit verabschiede ich den Stadtrat ins Wochenende, sagte Franz.

Es ist Dienstag, sagte Willi.

Willi, der Tag heißt doch nicht deshalb so, weil man dann Dienst schieben muss.

Aber das Wochenende ist noch weit.

Weite ist relativ. Was sagst du, Günther?

Einstein lehrt uns, alles sei relativ, sagte Günther, der Wissenschaftsstadtrat. Die Entfernung des Dienstags vom Sonntag kann in beide Richtungen betrachtet werden, da es sich um einen vollständigen Kreis handelt seit Anbeginn der Menschheit. Sagen wir, Adam wäre an einem Mittwoch geschaffen worden – natürlich wissen wir, es war ein Samstag, doch das tut hier nichts zur Sache –, dann fehlten in eine Richtung drei Tage bis Sonntag, in die andere aber zwei, zusammengenommen also fünf. Nimmst du nun die Fünf und multiplizierst sie mit den sieben Tagen der Woche, ergibt das fünfunddreißig, also mehr als einen Monat. Muss ich noch Weiteres dazu sagen? Das spricht doch für sich selbst.

Du hast recht, sagte Willi. Wie naiv von mir, anders zu denken.

Und dass mir keiner etwas über Alberts Frau erwähnt, sagte Franz abschließend. Der Beschluss, ihre Haarfarbe zu ignorieren, war einstimmig.

Wir haben doch gar nicht abgestimmt, sagte der Kulturstadtrat.

Eben, so wären es doch mehrere Stimmen gewesen. Es war einstimmig. Frohes Wochenende, meine Herren.

Willi verließ den Konferenzsaal, lief durchs Rathaus, erzählte jedem, der ihm begegnete, Alberts Frau habe sich die Haare rot gefärbt, doch das wussten schon alle. Der Geschirrspülstadtrat war wieder schneller gewesen. Der Mann hatte Zukunft. Wenn Franz sich einst zurückziehen würde, erwüchse in ihm der gefährlichste Gegner um die Nachfolge. Die Politik war ein Wettlauf. Dein Gerücht gegen mein Gerücht – die Menschen merkten sich unbewusst, wer sie zuerst damit versorgte. Dessen Gerüchte ich zuerst hörte, der genießt mein Vertrauen, er füttert mich wie die Ricke ihr Kitz. Die Einrichtung eines Stadtrats fürs Geschirrspülen wurde dringend notwendig, als zwei Jahre zuvor der Strom für sechs Tage ausfiel. Alle Geschirrspülmaschinen standen still. Die Bevölkerung war ratlos. Man mochte sich auf die schlimmsten Katastrophen vorbereiten, Leid ertragen, doch dieses Unglück traf unvorbereitet. Ein Spezialist wurde aus Bulgarien eingeflogen, der führte wundersame Dinge vor. Er tauchte Geschirr in ein Wasserbad, das er mit Spülmittel präparierte, nahm ein saugfähiges Spezialtuch zur Hand und führte es unter Wasser kreisförmig an Tellern entlang: Es war wie ein Wunder. Franz beschloss, dieses Geheimwissen für die Nachwelt zu konservieren, indem er eine Weisenposition einrichtete. Bei dieser Gelegenheit fiel ihm ein, Konservativismus könnte mit Konservieren zu tun haben. An diesem Tag schwor er, nur noch Dosennahrung zu sich zu nehmen. Willi ermunterte ihn, zumindest von den Heuschrecken zu kosten, der Täufer

schwöre darauf, und der Mann beeindrucke das Volk.
Franz reagierte verstört.

Willst du sagen, ich beeindrucke das Volk nicht?

Sie lieben dich.

Danach habe ich nicht gefragt.

Sie schätzen deinen Einsatz.

Auch danach habe ich nicht gefragt.

Was war nochmal die Frage?

Äh ... Wir sehen uns später.

Willis Geheimwaffe: Nach zwei ausweichenden Antworten konnte sich Franz an seine Frage nicht mehr erinnern, darauf war Verlass.

***

Der Täufer saß am ??? seines Esstisches, brütete über der Frage, wonach er röche. Der Flachbürger mochte diese Fragestellung übergehen, mit einem rustikalen »Wöh, der mieft!« dem Vergessen anheimstellen – nicht so der Täufer. Was blieb von dir dereinst? Nur dein Geist würde weiterleben in den anderen. Nun war der Geist nicht die Omi, die da oben herumschwebte und auf uns herniederblickte. Dem Täufer war klar, zum Blicken benötigte man Augen. Wie naiv, anzunehmen, die Natur hätte in Jahrmillionen diese raffinierten Organe entwickelt, wenn jede tote Omi denselben Trick in Sekundenschnelle ohne jedes Hilfsmittel vollbringen könnte. Die Lichtbrechung in der transparenten Omi würde so nicht stattfinden. Die ganze Omi war nur die Öffnung einer Pupille, Leere, »The Void«, für alle, die »Tomorrow Never Knows« nie verstanden haben. Wo wir gerade bei den Beatles sind: War die Omi vielleicht Eleanor Rigby? Der Geist, der von dir blieb, er war flüchtig wie dein Geruch. Nun sagt uns ein mathematischer Grundsatz, wenn a gleich c ist und b gleich c ist, ist b gleich a. Dieser Logik treu können wir folgern, unser Gestank ist unser Geist. Einwand: Wenn die Tomate rot ist und das Feuerwehrauto rot ist, ist dann das Feuerwehrauto eine Tomate? Die Mathematik verheimlicht uns etwas. Es gibt eine tiefere Wahrheit hinter der Gleichung. Ist a nicht reine Spekulation, b nur eine üble Gewohnheit, c das Haarknäuel im Nabel am Morgen? So oder so: Der Täufer stank wie sau. Das musste einmal gesagt werden. Der Täufer erhob sich.

Ich stinke wie sau, sagte er, dann setzte er sich wieder ans ??? seines Tisches. Der Täufer hatte ein schlechtes Gewissen, weil er Sieglinde gar nicht getauft hatte. Er wollte dem Pfarrer nur seinen Sieg nicht so leicht machen. Gott würde ein Auge zudrücken, hoffte er, wenn er denn eines hätte, was aus vorigen Überlegungen heraus getrost verneint werden konnte. Wie leicht nachzuempfinden war, begann der Täufer mit vermehrtem Ehrgeiz, zu stinken, um der Entwicklung seines Geistes Vorschub zu leisten. Man wusste nie!

Es klopfte an der Tür zu seiner Einliegerwohnung. Der Kulturstadtrat betrat den Raum.

Du miefst, Mann, sagte er.

Hast du das Zeug dabei?

Klar. Hab' ich dich schon einmal im Stich gelassen, Bruderherz?

Ja, das hast du. Sieh mich an! Deinetwegen muss ich mit diesem Kehrwisch im Gesicht herumlaufen.

Die Frauen lieben dich. Was willst du?

Einen Rasierapparat.

Wage es!

Pack schon aus.

Der Kulturstadtrat legte ein Bündel auf den Tisch, stellte sich an dessen ???, legte sorgsam die Enden des papierenen Behältnisses auseinander, bis sein Inhalt nackt vor den beiden Beobachtern lag.

Du weißt, ich hasse Leberkäse, sagte der Täufer. Ich wollte geräucherte Heuschrecken mit Gürkchen.

Ich riskiere meinen Job für dich. Wenn sie mich kriegen, bin ich geliefert. Der Handel mit dem Stoff ist streng geregelt.

Ist der Leberkäse auch nicht gestreckt?

Reinste Ware. Nimm eine Brise.

Schon gut. Ich vertraue dir. Hat dich bestimmt niemand beobachtet?

Ich bin kreuz und quer durch die Stadt gerast, um sie abzuhängen. Mach dir keine Sorgen. Das Zeug ist heiß.

Ich weiß. Kommt er von den Jamaikanern?

Nein, er kommt von der Jausenbude am Dietrichsteinplatz. Der alte Edi.

Der ist immer noch im Geschäft? Ich dachte, den hätten sie mit einer Salamisemmel geschnappt.

Er ist längst wieder raus. Im Gefängnis hat er angeblich schwunghaften Handel mit Extrawurst getrieben.

Der hat Nerven, Mann. Seine Frau bleibt inzwischen unversorgt. Die soll sich von Kohlrabi und Artischocken ernährt haben.

Die Menschen malen immer den Teufel an die Wand. Ich sah sie mit dem Zipfel einer Kabanossi auf dem Jakominiplatz. Edi ließ im Gefängnis seine Beziehungen spielen, ihr was zukommen zu lassen. Und jetzt gibt's wieder Frankfurter bis zum Abwinken.

Die hat's gut, so direkt an der Quelle.

Das hättest du auch haben können, wenn du die Milli vom Hauptplatz nicht zurückgewiesen hättest.

Ihre kandierten Heuschrecken taugten nichts.

Du bist zu verwöhnt. Lassen wir das. Hast du deine Taufrate erhöht?

Vierundsiebzig heute am Vormittag. Ich hatte eine Flaute wegen dem Tag der Wiedervereinigung.

Das sind doch die Deutschen.

Erkläre das den Grazern. Die feiern doch auch den Geburtstag der Tochter des finnischen Innenministers.

Sie hatte Geburtstag? Alles Liebe von mir.

Danke, ich werde … bist du meschugge oder was?

Wie alt wird sie denn?

Aufwachen! Sarkasmus.

Oh, ich dachte schon, du machst dich lustig. Sie heißt Ylva, nicht wahr?

Halt dein verdammtes Maul. Bleib bei der Kultur, das überfordert deinen Intellekt nicht.

Bäh!

Selber bäh!

Doppelbäh!

Wenn meine Deckung auffliegt, kann ich einpacken, sagte der Täufer. Du weißt, ich habe ein ganzes Lagerhaus voller gebackener Heuschrecken.

Du hast damit nicht nur die Heuschreckenmafia am Hals, sondern auch das Maikäfersyndikat, das ist noch um vieles mächtiger.

Erzähl mir nicht immer dieselben alten Kamellen.

Kamellen wären das bessere Geschäft gewesen. Ich hab' dir immer gesagt, verhökere Kamellen, »natur« und gesalzen, du hättest sogar eine gestreckte Variante aus geriebenen Apfelkernen rausbringen können. Keiner hätte es gemerkt. Aber der gute Herr Täufer musste ja Heuschrecken haben.

Du weißt, ich liebe Heuschrecken seit frühester Kindheit, von Leidenschaft hast du halt keine Ahnung. Das hat Mama schon immer gesagt.

Mama hat gar nichts gesagt, du Lügner.

Doch. Als du zu Allerheiligen auf Opas Grab gepinkelt hast, hat sie es gesagt.

Ich konnte es nicht länger zurückhalten.

Mit genug Leidenschaft hättest du es gekonnt, glaub mir. Du hast keine Leidenschaft.

Hast du etwas mit dem Brocken auf der Murinsel zu tun?

Bist du blöd?

Ich frag' ja nur. Sie bringen es mit dir in Verbindung.
Gut.

Wieso gut?

Für je mächtiger sie mich halten, desto eher folgen sie mir, lassen sich taufen. Die Menschen sind Kriecher, sie lieben starke Männer. Feiges Pack.

Du hast recht, das können wir zu unserem Vorteil nutzen. Ich überlege mir noch, wie wir das angehen. Trotzdem wüsste ich gern, was es mit dem Felsen auf sich hat.

Wer nicht? Übrigens heißt das Ding Arthur Sieglinde Bergmann, du solltest nicht von Brocken und Felsen sprechen, das lenkt die Erwartung der Menschen in eine bestimmte Richtung. Wir wissen noch nicht, was wir sie glauben machen werden.

Na gut. Frau Bergmann bereitet mir Sorgen. Was, wenn sie eine Warnung des Himmels ist.

Der Himmel arbeitet mit Katastrophen, nicht mit einem Stein. Unterschätze nicht die Mächte des Jenseits. Wir müssen Arthur Sieglinde auf unsere Seite bringen.

Ich denke darüber nach. Ich muss weiter. Willi wird misstrauisch werden, wenn ich nicht auftauche.

***

In Washington DC strahlte das Weiße Haus in der Nachmittagssonne.

Chief Whitehouse Correspondent James Conolly berichtete Präsidentin Twinklestar.

Madam President, die Lederhosen verweigern uns weiterhin den Zugang zur fremden Wesenheit.

Ist es eine Wesenheit?

Jawohl, Madam. Sie rülpst.

Brokkoli?

Definitiv nicht, Madam President. Es scheint ihre Form der Verständigung zu sein.

Also ein Alien.

Eine Alienne, wenn ich so sagen darf. Sie heißt Sieglinde.

Was für ein hübscher Name.

Nicht wahr? Prudence wäre auch nett gewesen, aber es sind halt Wilde in den Alpen.

Was schlagen Sie vor, James?

Eine verdeckte Operation.

Ist das Rülpsen so schlimm?

Nicht diese Art Operation, eine Aktion, wenn Sie so wollen.

Sie senden eine Squad zu den Krauts?

Ich dachte eher an eine diplomatische Einheit, das heißt, vorerst einfach eine unauffällige Touristengruppe, die – wie es der Zufall so will – aus Spezialisten der Verhörtechnik für Wesenheiten mit außerirdischem Dialekt besteht.

James, Sie sind ein Genie. Wie dezent!

Danke, Madam President.

Sie dürfen Eure Exzellenz zu mir sagen.

Welche Ehre, Eure Exzellenz. Ich gedenke, die Truppe persönlich anzuführen.

Ich brauche Sie hier, James. Schicken Sie Sykowsky.

Ich traue ihm nicht.

Dann Browny.

Das ist nicht Ihr Ernst.

Sie haben recht. Mingus, mein letztes Wort.

Warum tun Sie mir das an?

Die Republikaner wollen den Frauen das Autofahren verbieten. Sie müssen das verhindern. Ich fahre doch so gern. Ich brauche Sie an meiner Seite.

Na gut. Ich werde Mingus verständigen, Eure Exzellenz. Eigentlich ist das nicht seine Spezialität. Er ist unser Schönster, wir bräuchten ihn für öffentliche Auftritte, nicht für verdeckte Aktionen. Seine Schönheit wird nicht zu verdecken sein.

Schicken wir ihnen Covid, dann müssen alle Masken tragen.

Das wäre wirtschaftlich unklug, Eure Exzellenz.

Na gut. Wir brauchen das Problem nicht zu lösen, das ist *seine* Aufgabe. Ich will es so. Sagen Sie ihm, er soll mir ein Porträtfoto hierlassen – für die schweren Stunden.

Sehr wohl, Eure Exzellenz.

Ich habe es mir überlegt, nennen Sie mich doch Madam President.

Gern, Madam President.

***

Willi schlüpfte heimlich durch das Tor des Rathauses nach draußen, schlug den Kragen seines Sakkos hoch, holte eine Baseballkappe aus dessen Seitentasche, setzte Erstere auf, zog sie tief ins Gesicht. Diese Stunde sollte nur ihm und Sieglinde gehören. Arthur geriet in Vergessenheit, niemand nannte Frau Bergmann so. Willi war nicht unbewaffnet. In der zweiten Tasche seines Sakkos versteckte er einen Strauß Hahnenfüße, selbstgepflückt im Garten des Sockenstadtrats (zum Thema Sockenstadtrat nur so viel: Franz pflegte einen Fetisch. Das sollte reichen). Sollte der Hahnenfuß den optischen Reiz auf Sieglinde verfehlen, so wirkte das Heilkraut zumindest als Wurmmittel, gegen Rheuma und Gicht oder als starkes Abführmittel – allesamt mögliche Remedien für Sieglindes Symptome. Willi hatte noch etwas geriebenen Kümmel gegen Blähungen über die Blüten gestreut. So ausgestattet bewegte er sich wie ein Ninja über den Hauptplatz, sanften Schritts, mit unendlicher Leichtigkeit. Mehrere hundert neugierige Blicke richteten sich auf den Unauffälligen. Smartphones wurden gezückt, das Polizeirevier in der Schmiedgasse konnte sich der Anrufe kaum erwehren. Drei Einsatzfahrzeuge starteten, Bluthunde bleckten ihre Zähne. Vergeblich. Der Ninja hatte sich in Luft aufgelöst. Deprimiert fuhren die Einsatzkräfte zum Gösserhof und tranken richtig viel Bier. Willie näherte sich Sieglinde von der Dreifaltigkeitskirche her. Er war nicht der einzige Interessent, Sieglinde wurde bereits vom Täufer bezirzt. Der alte Stinker bot Frau Bergmann eine Heuschrecke in Honig an verschiedenen Stellen feil. Willi hasste Konkurrenz in Liebesdingen. Erinnerungen schwappten aus den Tiefen seiner verletzlichen Seele hoch. Herbert, was hast du mir angetan! Sie gehörte mir, mir allein. Natürlich wusste sie das nicht, frag nicht so blöd. Trotzdem! Ich habe es dir gesagt. Das ist die Meine, habe ich gesagt. Sag nicht, du erinnerst dich nicht, Verräter. Wir saßen im Kaiserhof, ich hatte einen Einspänner, du einen Großen Braunen, die Kellnerin hieß Elli oder Elfi, vielleicht auch Emmi, es war vierzehn nach elf, ich habe auf meine Citizen Quarz gesehen. Auf dem Tisch stand ein fragiles Kännchen mit Wiesenblumen. Wir wollten nichts Böses. Das Gespräch drehte sich um das verlorene Sturmspiel gegen St. Pfritz. Da geschah es. Ich nahm die Tasse mit lässigem Schwung zum Mund, über den Rand des Behältnisses hinweg hauchte ich: Sie ist mein. Du sagtest: Klar Kumpel, ich hab was Besseres zur Hand. Ich dachte, damit sei alles gesagt. Doch schon ein halbes Jahr später – ich war beinahe bereit, sie irgendwann anzusprechen, vielleicht nächstes Jahr – da fielst du mir in den Rücken. Du hast einen Mokka mit ihr getrunken, leugne es nicht. Ihr wurdet gesehen. Wer es war, geht dich nichts an, ich war es, hinter dem Gummibaum habe ich gehockt … zwei Stunden lang … mein Kreuz schmerzte. Du sagtest zu ihr: Willi wird sich nie trauen. Das hast du gesagt, jawohl. Lüg jetzt bloß nicht, Sau.

Herbert, du warst mein bester Freund, geh zum Teufel. Der Täufer kletterte nun auf Frau Bergmann.

Er besteigt Sieglinde, sagte Willi laut, dann hielt er eine Hand vor den Mund. Eine Träne glitzerte in seinem rechten Auge. Auch du, Sieglinde! Auch du? Mit Heuschrecken unter allen Dingen – ihr seid doch alle gleich. Braunschweiger hätte ich noch verstanden. Doch Sieglinde schien des Täufers Avancen zu verschmähen. Die Honigheuschrecke blieb unberührt.

Täufer weiche!, rief Willi, zückte seinen Hahnenfuß-strauß. Sein Gegner wollte nicht aufgeben, er zerrieb seine Heuschrecke auf Sieglindes Oberfläche, sie war klebrig vom Honig. In diesem Moment donnerten Rotoren über Frau Bergmann. Zwei Helikopter standen in der Luft herum wie nicht abgeholt. Aus dem ersten wurde ein Mann abgeseilt. Er trug einen Strohhut und ein Hawaiihemd. Jetzt folgten weitere Personen aus beiden Helikoptern. Alle waren in Freizeitkleidung gehüllt, fiel Willi auf. Vermutlich planten sie ein Wochenende am Murstrand, dachte der Politiker. Die Person mit Strohhut war der schönste Mann, den Willi je gesehen hatte. Sieglinde würde ihm gewiss nicht widerstehen können, es musste etwas geschehen. Der Mann kam auf ihn zu. Die »r« in seiner Sprache klangen, als verschlucke er eben seinen Kaugummi.

Hallo, Steirermann. Ick bin vonne hier, ein Graser Börger, gut Fröind. Mingus heise ick. Prost Mahlseit.

Zweifellos handelte es sich um einen Landsmann, vermutlich aus Deutschlandsberg, die sprachen etwas eigen, wie man Willi gesagt hatte. Man reichte einander die Hände. Willi drückte mit aller Macht zu, doch Mingus verzog keine Miene.

Mein Gott, sind Sie schön!, sagte Willi.

Ick wejß, sagte Mingus. Bringen Sie ihre Frau in Sickerhejt. Ick kann nickte dafur, sie wiad sick in mick verlieben.

Das würde sie mit Sicherheit, existierte sie.

Finden Sie ejne, dann Sie weaden sehen.

Eine Freundschaft schien vom Himmel gefallen zu sein.

Mittlerweile hatten die Helikopter große Kisten am Murufer abgesetzt. Willi verstand, ein schöner Mensch brauchte eine entsprechende Garderobe, auch wenn er nur aus dem sechzig Kilometer entfernten Deutschlandsberg zu Besuch kam. Er selbst hätte vielleicht nicht den Hubschrauber als Transportmittel gewählt, doch in der Südweststeiermark herrschten andere Sitten. Er selbst hatte vor Jahren einen Forschertrupp ausrüsten lassen, die Gebräuche der Eingeborenen zu studieren. Die tapferen Männer scheuten kein Risiko. Man verabschiedete sie vom Rathausbalkon aus. Die Menge johlte, wünschte den Abenteurern Glück und gesunde Rückkehr. Die Gattin eines der Helden umklammerte seine Schenkel, flehte ihn an, sie und ihren Sohn nicht im Stich zu lassen, doch ein Mann musste tun, was ein Mann tun musste. Sie nahmen die S6 um 15:05 oder 15:07, wer weiß. Über Fahrpläne hätte es auch einiges zu erzählen gegeben – dies war nicht die Zeit noch der

Ort dazu. Sechs Tage später kehrten sie zurück. Sie waren nicht wiederzuerkennen. Wie konnte man Menschen so zurichten? Wo war der Sinn für Erbarmen hingekommen? Sie waren doch nur Forscher, mein Gott. Sie hatten niemandem etwas angetan. Ihr Wilden da draußen, hört mich an! In Frauental – von den Eingeborenen Squaw Valley genannt (einige behaupteten, die Winterolympiade 1960 ausgetragen zu haben) – fing es schon an: Schienenersatzverkehr! Der menschliche Geist ließ sich die grausamsten Foltern einfallen, immer schon tat er das, man denke nur an den Keuschheitsgürtel des Mittelalters. Wenn du Ihn dir eingeklemmt hattest, kam Er nicht mehr frei und dann kehrte der Ehemann heim, zipp-zapp. Der Mensch ist von Grund auf schlecht, doch nirgendwo ist er so schlecht wie in Deutschlandsberg. Willi wollte gar nicht auf Einzelheiten eingehen, nur so viel: Pfui! Nach drei Wochen und literweise Blutkonserven im Landeskrankenhaus befragten sie die zitternden Forscher. Sie weinten, dann kotzten sie, dann weinten sie wieder. Danach kamen sie auf den Schilcher zu sprechen, den Schierlingsbecher der Eingeborenen. Schon die Farbe – als hätte man Blut in Pisse getropft – brachte dich zum Wimmern. Man zwang sie, jeden Tag von dem Gift zu sich zu nehmen, bis ihre Köpfe zu explodieren schienen. Sie bettelten, heulten, doch der Deutschlandsberger kannte keine Gnade. Dazu gab es Hirtensterz, Erzeugnis einer ganz dunklen Seele. Das Grauen hockte im Südwesten. Ein Knoblauchkranz solle sie fernhalten, ging die Sage.

Alles Quatsch. Es gab kein Mittel gegen den Deutschlandsberger, nur kopflose Flucht rettete dich.

Die acht Kisten waren mannshoch, jeweils lang und
breit genug, einen Fiat 500 zu beherbergen. Willi war
unsicher, wie Mingus seine Garderobe ins nächste Hotel transportieren wollte, doch zwei oder drei Suiten im
Hotel Weitzer mochten fürs Gepäck reichen. Mingus
selbst könnte womöglich noch ein Zimmer im Hotel
Wiesler nebenan ergattern. Wie sich herausstellte, waren die restlichen Personen Mingus' Dienerschaft. Verfügte Deutschlandsberg über einen heimlichen König?
Unsinn, man müsste ihn als Häuptling ansehen, doch
Federn konnte Willi ebenfalls nicht entdecken. Natürlich – die Kisten! In einer von ihnen befanden sich gewiss das Lagerfeuer und ein provisorisches Tipi. Da
war immer noch Platz für eine Squaw und ein Paar
Buschtrommeln mit bunten Quasten. Hätten die Quasten keinen Platz mehr gefunden, würde man sie in den
Bauchtaschen der Dienerschaft wiederfinden. Willi lief
ins Rathaus und lies Franz eine Sitzung einberufen. Der
Sockenstadtrat konnte nicht erscheinen, weil seine
Großnichte Geburtstag feierte. Der versammelte Stadtrat sang ein Ständchen in Willis Smartphone, Socke
weinte, dann verlegten sie die Sitzung in die Konditorei Sorger, wo man Torten und heiße Schokolade reichte. Der Geschirrspülstadtrat war bereits vor Ort. – Verdammt, der war schnell. Willi beschloss, eine Intrige
über den Mann zu verbreiten, sobald er Zeit dazu hätte. Die Welt musste vor dem rassistischen, sittenlosen,

akut infektiösen, misogynen Verräter gewarnt werden. Wie schlecht die Welt war!

Erster Tagesordnungspunkt: Alberts Frau, sagte Franz, schlug mit dem Teelöffel gegen die Kakaotasse.

Wollten wir sie nicht ignorieren?, fragte der Kulturstadtrat.

Ich habe es versucht. Es war nicht möglich. Insbesondere, weil sie sich umentschieden hat und ihre Haare entfärben ließ. Etwas ging schief. Erzähle, Albert!

Na ja, sagte Albert, sie wurde entfärbt.

Das wissen wir bereits.

Ich meine, sie wurde völlig entfärbt. Ihr Haar ist durchsichtig wie Glas.

Zerbrich es, sagte der Sockenstadtrat.

Es ist nicht spröde wie Glas, nur so durchsichtig.

Das ist natürlich ein Problem. Wenn du es nicht zerbrechen kannst, bin ich mit meiner Weisheit am Ende.

Ich danke dir herzlich für den Versuch.

Was jetzt?, fragte Franz. Worin besteht eigentlich das Problem?

Sie sieht aus, wie ein Glatzkopf mit Heiligenschein.

Es könnte ein Zeichen sein, argwöhnte der Geschirrspülstadtrat. Gott könnte seine Finger im Spiel haben.

Es war der Frisör, nicht Gott.

Kann mir jemand den Unterschied erklären?, fragte der Kulturstadtrat.

Verdammter Heide!, schrie der Wirtschaftsstadtrat.

Verdammte Grüne!, rief der Grüne.

Franz erhob sich, verbeugte sich bescheiden, ergriff das Wort. Das Wort wehrte sich tapfer, doch es konnte nicht entkommen.

Nächster Tagesordnungspunkt: Willi, dein Auftritt!

Gefahr in Verzug, sagte Willi. Ein unglaublich schöner Mann ist heute in der Stadt angekommen. Ich vermute, er kommt aus Deutschlandsberg.

Um Gottes willen, sagte Albert, der Baustadtrat, schlug ein Kreuz über seiner Brust. Sie kommen!

Beruhige dich, sagte Franz. Es wird nur ihr Scout sein, der Typ, der Spuren im Gras sucht und Käuzchen imitiert.

Dazu schicken sie doch nicht ihren Schönsten – der fällt auf.

Das ist ein gutes Argument, sagte Willi. Am Murstrand stehen seine Kisten, sie sind riesig.

Eitel ist er also auch noch, stellte der Geschirrspülstadtrat fest. Das verschärft das Problem.

Dich mach ich fertig, sagte Willi.

Warum?, fragte der Geschirrspülstadtrat.

Das wirst du schon noch sehen, verdammter linker Päderast.

Das könnt ihr später austragen, sagte Franz. Willi, ich beauftrage dich, den Mann zu beschatten. Wenn die Deutschlandsberger uns so kommen, rüsten wir auf. Günther, was sagst du?

Historisch betrachtet, sagte der Wissenschaftsstadtrat, stellt das Aufrüsten bei drohender Gefahr eine erfolgreiche Strategie dar. Jedoch sollte man nicht unerwähnt lassen, die Franzosen regelten alles mit ihrem Charme. Diese Vorgangsweise erwies sich als deutlich billiger und hatte mehr je ne sais quoi.

Du sprichst ja Französisch, Günther. Olala!

Man tut, was man kann.

Wie auch immer. Vive la France! Wir werden unseren Charme spielen lassen. Willi, du weißt, was du zu tun hast.

Und Frau Bergmann?, fragte Willi.

Du wirst doch ein paar kleine Aufträge parallel erledigen können.

Manchmal werde ich … natürlich, Franz.

Geh schon mal los, wir anderen trinken noch ein Kakäuchen. Wir müssen arbeiten. Nimm dir ein Beispiel.

Ich werde es versuchen, sagte Willi, ging Richtung Ausgang.

Vergiss nicht, zu zahlen!, rief ihm Franz hinterher. Du begleichst meine Rechnung gleich mit, nicht wahr? Hab' dich lieb.

Willi kehrte zu Sieglinde zurück. Sie lag still da. Es hatte zu nieseln begonnen, ihre Oberfläche glänzte. Willi wurde gewahr, an der Stelle, die er mit Hahnenfuß und Kümmel eingerieben hatte, saugte sie das Material auf.

Du hast mich dem Täufer vorgezogen, stammelte er. Ich werde dich nicht enttäuschen.

Der Donnerstag änderte alles. Die Theorie der Ontologen sollte sich bestätigen. Es begann mit dem Zeitungsausträger. Wieder der! Man könnte argwöhnen, der Mann trug keine Zeitungen aus. Vielleicht warf er sie in die Mur, kassierte sein Gehalt fürs Spazierengehen. Er rannte wieder einmal los, fand den Maronibräter, bestellte ein Viertel, ließ sich die erste Kastanie schmecken, danach quollen Worte aus seinem Mund.

Sie hat einen Sprung, sagte er.

Deine Shady? Eisprung?

Sieglinde. Felssprung.

Frau Bergmann? Ich berufe das Komitee ein. Beobachte du einstweilen die weitere Entwicklung.

Sag, woher nimmst du zu dieser Zeit eigentlich deine Kastanien?

3D-Drucker. Alles korrekt lizenziert. Los, kümmere dich um die Lädierte.

Der Zeitungsausträger lief zur Hauptbrücke zurück, bedachte die Patientin mit seinem sorgenvollsten Blick, verzehrte seine Kastanien. Plötzlich fühlte er eine Hand auf seiner Schulter. Er wandte sich um.

Gib mir eine »Kleine Zeitung«, sagte Willi.

Ich hab' schon alle versenk… verkauft, sagte der Zeitungsverkäufer.

Du bist genauso schnell wie der Geschirrspülstadtrat. Hast du politische Ambitionen?

Nein.

Dein Glück. Gib mir eine kurze Zusammenfassung.

Wovon?

Kleine Zeitung, schon vergessen?

Aber ich kann doch nicht …

Zumindest das Neueste.

Sie hat einen Sprung.

Haben sie den nicht alle? Verstehe einer die Frauen!

Nein, Sieglinde – sie hat einen Sprung.

Willi überzeugte sich. Tatsächlich zog ein schmaler, unregelmäßig geformter Spalt über Frau Bergmanns Südwestseite.

Südwesten – wusste ich es doch!, sagte Willi. Deutschlandsberg. Sie steckt mit den Wilden unter einer Decke.

Inzwischen waren die Mitglieder des Komitees eingetroffen. Der Kastanienbräter in der Lederschürze hatte Willis Worte gehört.

Hört, hört!, sagte er. Der Feind hat uns Sieglinde untergejubelt.

Stimmen wirbelten durcheinander, Verdächtigungen und Flüche, der Vorschlag, doch besser ein Bier trinken zu gehen. Die ersten Berufstätigen auf dem Weg zur Arbeit stellten sich zum selbstgebildeten Weisenrat. Man tauschte Informationen aus, Telefonnummern, Küsse. Wie es halt so lief, wenn man sich auf der Hauptbrücke traf.

Willi ließ sich sein gelbes Kostüm bringen, den Helm und das Megafon. Der Kranwagen fuhr vor. Den Kran steuerte Silvio, ein Zugereister aus Italien. Er besaß zu jeder Kleidung die passenden Schuhe, das wusste die ganze Stadt. Verdammter Italiener! Konnte der nicht wie die andern Flipflops zu allem tragen? Silvio hievte Willi auf Augenhöhe mit Frau Bergmann.

Gnä' Frau, sprach Willi in sein Megafon. Wie ist Ihnen? Sie haben unser Mitgefühl. Das Öltuch ist eingetroffen. Wenn sie einverstanden sind, decken wir sie damit zu.

Sieglinde rülpste.

Wir wollen Ihnen bestimmt nicht zu nahe treten. Ich sehe, Sie lehnen unser Angebot ab. Wäre es Ihnen möglich, uns auf irgendeine Weise mitzuteilen, was Sie von uns erwarten? Ich weiß, das stellt eine sehr unweibliche Vorgangsweise dar, selbstverständlich bevorzugten Sie, uns raten zu lassen. In Anbetracht der Umstände jedoch ...

Sieglinde rülpste.

Umstände ... sind Sie vielleicht in anderen Umständen? Wie unsensibel von uns!

Sieglinde rülpste.

Also nicht. Gut. Ich meine: Was nicht ist, kann ja noch ...

Sieglinde rülpste.

Ich will sie nicht länger stören, gnä' Frau. Sie wollen Ihre Ruhe ...

Jetzt erbebte die Erde. Der Kran geriet aus dem Gleichgewicht. Der Kranwagen drohte zu kippen. Die Trachtengruppe sang ein Ave Maria. Willi schwang mit der Plattform am Ende des Krans hin und her. Aus dem Augenwinkel sah er, an seiner Gesprächspartnerin trat eine Veränderung auf. Der Riss zog nun von der Basis bis ganz nach oben. Das Beben schwoll weiter an.

Mingus stand im Kampfanzug am Murstrand – welch seltsame modische Wahl. Willi überlegte. Zu den feinen Gesichtszügen des Deutschlandsbergers hätte ein leichter Sommeranzug in Pastellfarben besser gepasst, mit einem hellbraunen Hemd, eventuell beige, ein verspieltes Kettchen mit Kreuz in den Brusthaaren geborgen, dazu eine elegante aber nicht zu protzige Armbanduhr – Understatement war die Parole. Nicht alle Mode musste aus Mailand kommen. Gott, Mailand, was war das für ein langweiliger Urlaub mit Christine: Neapel, Mailand, Florenz, da Vinci, Ferrari. Kulturreise nannte sie es. Von Herrenhaus zu Herrenhaus, Stunden im Museum; du kannst doch kein Fastfood essen, Willi, so erkennen sie uns doch gleich als Touristen – ich will aber meine Pizza, die ist italienisch – Italien der Straße vielleicht, wir sind Menschen mit Kultur – ich bin Mensch mit Hunger – sei still, sonst merken sie, wir sprechen deutsch.

Mingus' Kampfanzug sah so amerikanisch aus. Steckte dahinter vielleicht doch ein kleiner Minderwertigkeitskomplex? Deutschlandsberg war zwar mächtig, aber klein, die USA dagegen … jetzt ließ sich Mingus eine AR-16 aus der großen Kiste zuwerfen. Man konnte die Machopose auch übertreiben. Junge, mach halblang!

In diesem Moment tauchte der Täufer auf.

Weichet, denn ihr seid nicht würdig!, schmetterte der alte Mann den Deutschlandsbergern entgegen.

De frihe Fisch fängt de Vougel, sagte Mingus. Ick bin en Stejra, versupfe dick. De Morgenstund hat de Gould in de Mund. Ejns, zwej, drej, besuffa. De Hänsel ound de Grettel verlieven sick in de Wold.

Man mochte sagen, was man wollte, die Eingeborenen wussten mit Sprache umzugehen. Willi war ein klein wenig eifersüchtig, seine Lehrer hatten gesagt, er sei Legastheniker. – Idioten! Er hatte bloß seine eigene Art, kein Deutsch zu beherrschen, es war eine persönliche Sache. Eine Entscheidung war eine Entscheidung. Punkt.

Dieser Spalt ist mein Spalt, sagte der Täufer.

Alle lachten.

Alter Mann!, rief der Geschirrspülstadtrat. Deine Zeit der Spalten ist vorbei.

Der Grüne bewies wieder seine Empathielosigkeit mit einer pornografischen Aufforderung.

Träum nur weiter von Spalten, Opa!

Dammte de Grine!, rief Mingus.

Verdammte Grüne!, rief die Menge.

Der politische Gleichklang sorgte für einen Moment der Einigkeit. Solange sich die Welt und Deutschlandsberg darauf zu verständigen vermochten, die Grünen seien verdammt, war die Menschheit nicht verloren. Alle zogen an einem Strang, jenem, an welchem die Grünen baumeln sollten. Willi war glücklich – eine halbe Minute lang.

Krack! Frau Bergmann brach entzwei. Frau Bergmann war ein Ei. Schlimm genug, dass sich das reimte, die überbezahlten Ontologen hatten es vorhergesagt. Doch wer glaubte schon den Eierköpfen mit ihren dicken Brillen, die zu keiner Geburtstagsfeier eingeladen wurden? Willis Neffe Hugo vielleicht, der Intellektuelle in der Familie. Er beendete als Einziger die Grundschule, dann war er überqualifiziert, lebte in einer Kommune mit lauter Leuten, die rochen wie der Täufer. Rauch stieg über dem Schalenhaufen auf, rosig, dicht. Der Trachtenchor nahm Aufstellung, sie sangen Koloraturen in Pastell.

$_A$aaa^{aa}aaa$_{aa}$aaaaa^{a}aaa$_{aaa}$a o^{ooooo}ooo$_o$o u^{u}u$_u$u$_u$ iii^{ii}iiii!

Hinter dem Täufer, welcher sich immer noch schützend vor dem Exei positionierte, materialisierte sich eine Wesenheit.

Mensch Täufer, rief irgendwer. Geh aus der Sicht, Egomane, verfluchter!

Schleich dich, Wurzelsepp!, schrie ein anderer.

Der Täufer schritt würdevoll von hinnen nach dannen.

Hier stand sie nun! Aus einer rosa Wolke blinzelte ein kleines Mädchen im Nachthemd, schlug treuherzig die Lider nieder. Eine hinreißend zarte Stimme erklang.

Ich bin die kleine Lissi. Ihr werdet alle sterben.

Ooo, ist sie nicht süß?

Sie will uns töten.

Kann man ihr das verübeln?

Sie ist der Engel des Todes, glaube ich.

Ich bin Werkzeugmacher.

Sehr erfreut, ich bin Elektriker. Wie geht es immer?

Ich kann nicht klagen. Bloß die Steuern …

Wem sagst du dass, Bruder.

Ich hab' seit beinahe einer Stunde kein Bier getrunken.

Du bist mein Held, das hielte ich nie im Leben aus.

Gehen wir in die Gösser?

Okay!

Zwei Schaulustige verließen die Szene.

Mingus hielt mit seiner automatischen Waffe die kleine Lissi in Schach.

Hände nack de Obene, sagte er. Alle Veglejn sind se schon da. Was de Hänsje nick lernt, lernt de Hanns nimmermehr. Gut de Abend, gut de Nackt, mit de Rose bedackt. Mama, du wijst dock nikt um dejne Junge wejnen.

Nun streckte Lissa voller Anmut ein Paar Schwanenflügel. Sie ragten aus ihren Schulterblättern – gesamte Spannweite ca. 1,93 Meter. Sie warf Willi ein betörendes Unschuldslächeln zu.

Deinen Kopf nehme ich als Briefbeschwerer, sagte sie sanft, dann entschwebte sie.

Eine Stunde später tagte der Stadtrat im Rathaus. Ehe Franz die Sitzung für eröffnet erklären konnte, meldete sich der Gesundheitsstadtrat zu Wort.

Ich möchte noch einmal mit Nachdruck auf die negativen Folgen des Todes hinweisen, sagte er. Mein Hauptargument besteht darin, dass man dann nicht mehr lebt, aber das ist nicht alles. Denkt an euren kleinen Bruder, Leute. Was soll er machen ohne euch?

Ich hab' keinen kleinen Bruder, sagte der Sockenstadtrat.

Ich mag meinen kleinen Bruder nicht, gab der Wirtschaftsstadtrat zu bedenken.

Willi musste eingreifen.

Wie kann man seinen kleinen Bruder nicht mögen. Was für eine Art Mensch bist du? Schäm dich, Wirtschaftsstadtrat!

Ich mag meinen kleinen Bruder auch nicht, sagte der Geschirrspülstadtrat.

Das war der Moment, auf den Willi gewartet hatte. Jetzt konnte er sich Franzens Nachfolge sichern.

Bloß, weil man Geschirrspülen kann, sagte er, ist man noch kein Spitzenpolitiker. Und seinen kleinen Bruder nicht zu mögen, disqualifiziert im Rennen um den Bürgermeistertitel, du Sau, du dreckige.

Es herrschte Grabesstille im Sitzungssaal. Das musste daran liegen, dass Willi wieder einmal bewiesen hatte, er verfügte über Spezialwissen, das den anderen nicht zugänglich war. Er genoss seinen Erfolg ... für einen Moment, dann bemerkte er die peinliche Rührung in den Blicken der Stadträte. Ablenkung war die Mutter der Politik, darum schrie er.

Sie sagt, wir werden alle sterben!

Das zeugt von ihrer schnellen Auffassungsgabe, sagte Franz. Günther, was meinst du?

Ich bin überzeugt, sagte der Wissenschaftsstadtrat, sie wollte auf den grundsätzlichen Unterschied ihrer Wesenheit zur unsrigen hinweisen. Wir müssen davon ausgehen, ihre Engelsgleichheit führt zur eternellen Existenz.

Hh?

Sie kann wahrscheinlich nicht sterben.

Die Arme! Was können wir tun?, sagte Albert.

Vermutlich nichts. Vielmehr wird die kleine Lissi uns alle auslöschen, um nicht ständig an die Vergänglichkeit des Lebens erinnert zu werden.

Das muss ja auch deprimierend sein. Ich beantrage, sie zu bemitleiden.

Antrag vorerst abgelehnt, bestimmte Franz.

Meine Anträge werden immer abgelehnt. Albert schmollte.

Ich mag dich nicht und deinen kleinen Bruder auch nicht. Finde dich damit ab.

Albert verschränkte die Arme, setzte sich auf den Stuhl am Fußende des Tisches, weitab von den anderen.

Frau Bergmann …, begann Willi.

Frau Bergmann existiert nicht mehr, sagte Franz. Arthur ist tot, Sieglinde ist tot, Frau Bergmann ist tot. Es gibt nur noch Lissi.

Der Gesundheitsstadtrat hob den Arm, Franz erteilte ihm das Wort.

Bin ich der Einzige, der sich wundert, sagte er, warum Lissi unsere Sprache beherrscht?

Günther, sagte Franz. Der Angesprochene erhob sich.

Frau Baumann, als es sie noch gab, hatte jede Menge Zeit sich unserer Sprache zu ermächtigen. Willi hat sie durch sein Megafon angebrüllt.

Alle sahen Willi an, er duckte sich.

Außerdem, fuhr Günther fort, zeigte der kleine Engel einen Mangel an Gesprächigkeit. Ich vermute, sie beherrscht nur wenige Worte. Wiederholte sie nicht denselben Satz, den der Täufer zu Willi sagte?

Ja!, rief der Sockenstadtrat. Ihr werdet alle sterben.

Günther setzte fort: Ich bin mir nicht einmal sicher, sie meint, was sie sagt. Es wird reine Imitation sein. Eine Reihe belangloser Worte.

Das klingt ja recht vernünftig, sagte Willi, aber sie war nicht dabei, als der Täufer das zu mir sagte.

Was heißt dabei?, sagte Günther. Wir haben keine Vorstellung vom Hörbereich eines Engels. Ich gehe davon aus, dass Akustik dabei keine Rolle spielt, sie nimmt womöglich auf ganz andere Weise wahr.

Willi überlegte, Günther hätte von allen Stadträten die geringsten Chancen auf Franzens Nachfolge. Der Mann stellte keine Fragen, er antwortete nur. Intelligenz zeigte sich in der Fähigkeit, Fragen zu stellen. Der Mann war schlicht dumm, ein Idiot.

Was schlägst du vor?, fragte Franz Günther.

Schalten wir das Jugendamt ein, sagte Günther, die Fürsorge. Hier ist ein kleines Mädchen, das keine Eltern, keine Erziehungsberechtigten vorweisen kann. Sie braucht eine Ausbildung, Geborgenheit, Vorbilder. Lasst sie uns in unsere Gemeinde aufnehmen.

Du bist ein Idiot, Günther, sagte Franz. Willi, was sagst du?

Wir jagen sie mit Keschern, großen Netzen um Hula-Hoop-Reifen gespannt. Im Prinzip ist sie ein großer Schmetterling.

Endlich ein vernünftiger, kostengünstiger Vorschlag, sagte Franz. So wird es gemacht. Ich stelle dir den Geschirrspülstadtrat an die Seite, er ist begabt.

Er ist nutzlos, ein Versager. Willi spuckte auf den Boden. Ich will gar nicht wissen, wie seine Mutti aussieht.

Meine Mutti ist hübscher als deine, wehrte sich der Geschirrspüler.

Das sagst du nicht noch einmal. Nimm das sofort zurück. Willi streifte seine Hemdsärmel bis zum Ellbogengelenk hoch. Der Geschirrspülstadtrat war jetzt in Fahrt.

Hässliche Mutti, hässliche Mutti!

Willi stürzte sich in blinder Wut auf den Mann, schlug wieder und wieder auf ihn ein. Zwei Stadträte zogen ihn hoch.

Du hast den Falschen erwischt, sagte der Wirtschaftsstadtrat. Willi tauchte aus seinem Rausch auf. Unter ihm lag Franz auf dem Boden, Blut rann aus seiner Nase. Es würde schwierig werden, das auszubügeln. Vor Willis Augen zerfloss das Wort »Bürgermeister« wie ein Twinni in der Sonne.

***

Die kleine Lissi wurde nach ihrem Schlupf tagelang nicht gesehen. Das Thema erwies sich bald als gegessen. Drei Tage waren die längste Zeitspanne, die eine Sensationsmeldung zu überdauern vermochte. Die Nachricht von der Entdeckung eines Tattoos am Fußgelenk des Bundeskanzlers, welches auf seine Vergangenheit als Go-go-Tänzer hinwies, überschattete alle Neuigkeiten. Sein Zuhälter wurde vom politischen Gegner an die Öffentlichkeit gebracht. Er gab Interviews für alle Tageszeitungen.

Doktor Meier-Pokorny war unser heißestes Häschen im Stall, sagte der Mann. Während jedes Stangentanzes präsentierte er die Säulen seines ideologischen Gebäudes. Seine Familienpolitik kam besonders gut an, die strengen sittlichen Grundsätze sorgten für Begeisterungsstürme. Sie hätten ihn hören sollen: Finger weg von der Heiligkeit der Ehe, Verbot von Pornografie und moralisch fragwürdigem Verhalten. Die Gäste applaudierten und steckten Hunderter in seinen Po. Das war noch die gute alte Zeit, das kommt nicht wieder. Ich hatte viele Hasen laufen, aber keiner lief wie Doktor Meier-Pokorny, der Kanzler.

Freilich konnte da ein Engel, geschlüpft aus einem rülpsenden Ei, nicht mithalten – entschuldigen Sie schon.

Eines Morgens zeigte der Finger einer Kinderhand aufs Dach des Kunsthauses auf dem Südtirolerplatz.

Das Gebäude war eine architektonische Blase aus Plexiglasschindeln. Als Nächstes meldeten Touristen vom Uhrturm auf dem Schlossberg, mit ihren Feldstechern, ein Mädchen oder eine riesige Taube barfuß auf dem Kunsthaus gesehen zu haben. Willis Miliztruppe zückte ihre Kescher und machte sich auf, das Bauwerk zu erklimmen. Wer schon einmal Schmetterlinge gejagt hatte, hätte ihnen von den operativen Unwägbarkeiten des Vorhabens erzählen können, doch wer jagte noch Schmetterlinge? Endlich umzingelt, schlug Lissi mit ihren gewaltigen Flügeln und entschwebte.

Euch nehme ich mir noch vor, rief sie ihnen zu. Ihr werdet alle sterben.

Och, stöhnten die Umstehenden. Wer könnte ihr böse sein. Sie ist so süß. Sie kann es nicht so meinen.

Nach diesem Auftritt verschwand sie wieder für einige Zeit. Alle fragten sich, wo sie sich wohl versteckte. In einer Kirche? Lange dauerte die Neugier der Menschen nicht. Es stellte sich heraus, der Bundeskanzler hatte eine Affäre mit der Unterrichtsministerin, betrog sie dazu noch mit der Staatssekretärin für Informatik und Telekommunikation. Folgendes SMS des Kanzlers an die Staatssekretärin wurde im Kurier veröffentlicht:

Milli, Schatz

Keine tut es wie du. Die alte Schreckschraube tut nicht die Hälfte von dem, was du tust. Dort wo du mich immer ... du weißt schon – da tut sie es nie. Was ich tu, tu ich nur, weil du es so gut tust. Komm, tu es, Schatz! Komm zu mir, wir tun es ohne Ende. Es tut so gut, wenn du es tun tust.

Dein Bernd

Seine Ehefrau behauptete, er könne es schon lange nicht mehr tun, sie betrachte das Schreiben als seinen Versuch, sich als Satiriker zu profilieren. Sie spreche eine Wahlempfehlung aus, insbesondere, weil er seine Vielseitigkeit unter Beweis gestellt hätte.

Wer drei Frauen hat und keine davon befriedigt, sagte sie, ist der ideale Vertreter des Volkes. Endlich haben wir Frauen dasselbe an der Staatsspitze wie im Wohnzimmer vorm Fernseher. Sei clever – Bernd forever.

Dennoch ließ sie sich von ihm scheiden. Manch einer argwöhnte, ihre Aussagen mochten Zynismus gewesen sein. Dies war jedoch höchst unwahrscheinlich, das hätte doch geheißen, die Männer taugten nichts. So etwas würde eine Frau niemals sagen. Quod erat demonstrandum.

Einschub: Die Frau. – Was ist das? Keine Ahnung. Ende Einschub.

Der Täufer verteilte frittierte Heuschrecken am Eingang zum Kunsthaus.

Seht, ich gebe euch von meiner Nahrung. Nehmt sie und spendet. Neben der Treppe steht der Korb. Hunderter bringen nicht nur die Vergebung aller Sünden, ihr dürft dann bis an euer Lebensende sündigen und danach im Paradies weiterwüten.

Der Steirer wusste, was ein gutes Geschäft war. Die Hunderter flogen wie bunte Schmetterlinge in den Weidenkorb. Man gratulierte einander zur schlauen Investition, dann lästerte man über die Haare von Alberts Frau. Es gab Momente in einer Volksseele, die voll der Freude und Einigkeit mitten ins Verderben führten. Dies war kein solcher Moment. Es war der Moment für Karlheinz Stockhausen, wie übrigens jeder Moment. Der Täufer war der Ansicht, experimentelle Musik sei der klassischen weit überlegen, aus dem einfachen Grund, man bekäme deutlich weniger Regeltreue zu hören. Dieses Argument zu widerlegen, hatten sich viele Kenner bemüht. Sie waren kläglich gescheitert. Kenner scheitern immer. Warum eigentlich? Der Täufer kannte den Grund nicht, sonst wäre er ja selbst ein Kenner gewesen und kläglich gescheitert. Die Tatsache, dass wir aus dieser Parabel nichts lernen, sollte uns zu denken geben. Ähnlich dem Stellenwert des Neandertalers im Bezug zum universellen Genpool war die Parabel als Textform nur scheinbar aus der Literatur verschwunden. Im einundzwanzigsten Jahrhundert wollte alles lehrreich sein, jede Betriebsanleitung hatte eine Botschaft, die das Leben bereichern sollte. Was wollte uns der Autor sagen? War der Schraubschlüssel Sinnbild der Existenz schlechthin, Vorbild oder Abschreckung? Und welches, bitteschön, war das Motiv des Bösewichts? Der Täufer wollte von einem Dreikäsehoch gar nichts über sein eigenes Leben erfahren. Er wusste, er konnte immer seine in Ameisensud gedämpften Heuschrecken entgegenhalten. Die Heuschrecke in ihrer nackten Realität, nährend, beglückend und ungesund, wischte das Gesabber der Wichtigtuer hinweg. Wie die DNA des Neandertalers in der unsrigen überlebt hatte, überlebte die Parabel, durchsetzte die Hirne der Regelmenschen, die das neue Jahrtausend dominieren sollten. Karlheinz Stockhausen war erlöst, er musste das nicht miterleben, ebenso Igor Strawinsky, Samuel Beckett und Wassily Kandinsky. Das ewige Chaos sei ihrer Seele gnädig. Der Täufer hingegen litt. Die Dinosaurier mussten als Vögel überleben, herumzwitschern, tirilieren und die vorauseilend gehorsamen Idioten das Ruder übernehmen sehen. Jedes Mal, wenn der Täufer einen Jünger taufte, war er versucht, ihn unter Wasser zu halten, bis dessen Augen aus dem Kopf träten. Doch es waren seine Kunden. Wer, ertränkte er sie alle, kaufte die mit Spinnenbeinen gespickten Heuschrecken, spendete für Schwachsinn gutes Geld? Warum er Graz als Ort seines Wirkens gewählt hatte? In Tokyo lebten vernünftige Menschen.

***

Der Geschirrspülstadtrat stand vor der Tür zu Franzens Krankenzimmer, grinste. Willi lief im Gang auf und ab. Albert sprach auf den Schläger ein.

Unter Umständen überlebt er es ja, sagte er.

Natürlich überlebt er es, entgegnete Willi. Aber meine Karriere überlebt es vielleicht nicht.

Wir wissen nicht, wie er reagieren wird. So ein Schlag kann das Hirn durcheinanderwirbeln. Womöglich will er danach gar nicht mehr Bürgermeister sein, stattdessen eine Bäckerei eröffnen, Brezeln verkaufen.

Halt's Maul, Albert.

Ich hab' einen Film im Rechbauerkino gesehen, da hatte einer einen Unfall und …

Halt die Luft an, sagte der Geschirrspülstadtrat.

Wenn Albert reden will, darf er reden, sagte Willi.

Ich will sein Gequatsche nicht mehr hören.

Aber ich will es hören. Ich bin die rechte Hand des Bürgermeisters.

Du warst die rechte Hand des Bürgermeisters. Albert nervt.

Albert will etwas sagen, also soll er es sagen.

Aber ich muss nicht unbedingt …, sagte Albert.

Halt's Maul, Albert, sagte Willi. Und rede endlich!

Der Arzt kam aus dem Zimmer, gefolgt von einer Krankenschwester. Willi näherte sich der Pflegefachkraft.

Kann ich zu ihm?

Er kommt gleich raus.

Er wird also überleben.

Er hat Nasenbluten seit seiner Kindheit. Mit Ihnen hat das nichts zu tun. Ihre Streicheleinheiten waren wirkungslos.

Das können sie so nicht sagen, mein rechter Haken …

Die Krankenschwester betrachtete Willi von unten bis oben, lächelte, zog gleichzeitig die Lippe nach unten – eine Akrobatin?

Na gut, sagte Willi.

Der Geschirrspülstadtrat verfertigte einen ähnlichen Gesichtsausdruck wie die Krankenschwester. So viele begabte Menschen! Die Schwester lief den Gang hinunter, die Tür zum Krankenzimmer öffnete sich. Franz blinzelte hervor.

Wo ist Angelika?, fragte er.

Wer ist Angelika?, fragte der Geschirrspülstadtrat.

Na, Angelika. Wer bist du?

Ich bin 's, dein Geschirrspülstadtrat.

Hihi, Geschirrspülstadtrat. Was ist denn das? Hihi.

Willi sah den Moment gekommen, einzugreifen.

Vergiss den Mann, er ist bedeutungslos, wird es immer sein. Ich bringe dich zurück ins Rathaus.

Ich will zu Angelika.

Deine Frau heißt Helene.

Idiot, ich bin doch eine Frau. Ich möchte meine Busenfreundin sprechen.

Du bist keine Frau, sieh dich doch an.

Gefühlloser Rüpel. Ich mag deinem Geschmack nicht entsprechen, nichtsdestoweniger bin ich eine Frau.

Wie kannst du das Geschlecht unserer Bürgermeisterin anzweifeln, sagte der Geschirrspülstadtrat.

Der Mann war sowas von schnell. Eine Chance, schon stach er zu. Willi konnte nicht umhin, Spülis Schlagfertigkeit zu bewundern.

Komm, Tellerwäscher, sagte Franz oder Franziska. Wir suchen Angelika.

Willi stand übertölpelt. Musste er Franziska verführen, um wieder im Rennen zu sein? Das konnte nach hinten losgehen, wenn Franziska plötzlich gesundete und Franz vor ihm stand, während Willi seine Hand küsste. Die Lösung stand in goldenen Lettern in den Himmel geschrieben: Er musste Franz noch einmal vermöbeln, den Schaden rückgängig zu machen. Dann sollte Spüli nur kommen und Franz unsittlich berühren. Ha! Zuerst musste aber Angelika aufgetrieben werden. Willi war keine Angelika bekannt, die mit Franz in Verbindung stand, und er kannte ihn seit ihrer Kindheit. Es bestand durchaus die Möglichkeit, Angelika existierte ebenso nur in Franziskas Fantasie wie seine neue Identität. Womöglich würde er die nächstbeste Angelika akzeptieren. Es war einen Versuch wert. Glücklicherweise hatte Willi Einblick in die Liste der Bürgerinnen der Stadt, Angelikas gab es zuhauf. Er versuchte, Kontakt aufzunehmen, musste aber bald feststellen, sein Anliegen war nicht leicht zu vermitteln. Ich zeig' dich an, du Schwein. – Was erlauben Sie sich? – Walter, der Perverse ruft wieder an. – Jetzt hab' ich deine Nummer, Sau. Willi kam nicht gut an bei den Bürgerinnen namens Angelika. Sie sollten sich doch bloß mit einer Franziska treffen, die eigentlich ein

Franz war. Wo war das Problem? Willi verstand die Welt nicht mehr. Da schrieben die Leute Kontaktanzeigen, verkamen vor Einsamkeit, doch wenn ihnen jemand ein unverfängliches Angebot unterbreitete, zogen sie das längliche Ding ein, das sie nicht einmal besaßen. Kontaktanzeigen – hach! In Willis Jugend suchten alle Frauen einen großgewachsenen Mann mit PKW. Wo sind diese Frauen hingekommen? Er besaß einen PKW, sogar ein deutsches Qualitätsfabrikat. Er argwöhnte, die Damen von heute hatten ihr eigenes Fahrzeug, SUV, zweihundert Pferdestärken, Internet, zwanzig Zoll Bereifung. Der große Mann benötigte zu viel Platz in der Wohnung. Sie bevorzugten das kleine Modell mit Freundschaftsarmband und Knoten im Haar. Willi hatte keinen Knoten im Haar. Um ehrlich zu sein, er verfügte über eher spärliche Behaarung seines Hauptes, aber das tat nichts zur Sache, der Haarverlust des Mannes bedeutete dasselbe wie das Geweih des Hirsches: Imponiergehabe, Stirn bieten, die blanke Stirn. Es zeigte, das Männchen war bereit, sich auf jeden Gegner zu stürzen, um seine Angebetete zu verteidigen. Knoten waren für Verlierer! Na gut, sie gewannen oft, aber das änderte nichts am Prinzip, also grundsätzlich und so. In seiner Jugend hatte Willi gemeint, er habe es nicht nötig, auf Kontaktanzeigen zu antworten, er würde mit dem Finger schnippen und die Ladies stünden Schlange. Die Schlange war enden wollend, genau genommen fing sie gar nicht an, ehe er im zarten Alter von siebenunddreißig Christine kennen lernte.

Christine hatte keinen PKW, als sie sich kennenlernten, aber als sie sich scheiden ließ, besaß sie einen solchen sowie eine Eigentumswohnung und eine großzügige Apanage. Maria war ganz anders. Maria wusste, Willi kannte den Landeshauptmann persönlich. Nach kurzer leidenschaftsloser Beziehung stieg sie zur Landesmutter auf, verteilte grünweiße Fähnchen an die Schüler und fuhr einen Bugatti Chiron. Kontakte – wer brauchte das!

Nachdem Willi sich genug demütigen hatte lassen, gab er die Suche nach einer echten Angelika auf. Franziska würde es ohnehin nicht bemerken, wenn seine Angelika in Wahrheit Walpurga hieß oder Gertrude. Nach einer Ohrfeige von seiner Sekretärin beschloss er, den Kreis der Infragekommenden einzuengen. Bei einer einschlägigen Hotline wurde er fündig. Die junge Dame war bereit, für eine kleine Entschädigung seinem Ansinnen Folge zu leisten. Nachdem er den Anruf beendet hatte, betrat Franziska sein Büro, er trug ein leichtes Sommerkleid, vielleicht etwas zu luftig für die Saison, aber mit einem hübschen floralen Muster, Flieder und Pfingstrosen.

Stell dir vor, ich habe Angelika getroffen, sagte er. Sie hatte es sehr eilig, aber bestand darauf, mich wiederzusehen. Ruf mich nicht an, sagte sie, ich rufe dich an. Ist das nicht nett?

Du weißt nicht, wie oft ich diesen Satz zu hören bekam.

Ach, du Draufgänger, du. Ich habe nicht lang Zeit, Palmers schließ bald. War etwas Besonderes?

Nicht wirklich. Palmers ist pleite. Ein Engel wird mit dem Kescher gejagt, ein Täufer kassiert die Bevölkerung ab, der Bürgermeister hat nicht verstanden, was mit Gendern gemeint war, sonst eigentlich gar nichts.

Fein, das schaffst du ja ausnahmsweise allein.

Ausnahmsweise, ja.

Gut. Tschüssilein!

Willi wählte die Nummer der Hotline, doch dort hob eine andere Frau ab. Er versuchte, ihr klarzumachen, sie solle ihrer Kollegin ausrichten, er bräuchte sie nicht mehr, aber die Dame bestand darauf, er müsse sich seiner Beinkleider entledigen. Er tat das ungern in seinem Büro, doch schlag' einer Frau etwas ab. Nun erzählte sie ihm, sie täte unaussprechliche Dinge mit ihren … Willi errötete. Sie meinte, er solle nun mit seinem … Willi gehorchte unter Protest. Schließlich kam doch noch die Kollegin hinzu, sie wollten nun zu dritt … Willi nutze die Gelegenheit, die Abmachung rückgängig zu machen, grüßte höflich, ließ den Gatten der Damen einen schönen Tag und sein Kompliment ausrichten und legte auf.

Die erste Runde ging an Spüli. Doch wenn der Stadtrat meinte, Willi gäbe so einfach auf, lag er sowas von falsch. Franziska gehörte ihm.

Auf dem Heimweg spazierte Willi über die Hauptbrücke. Er stützte sich auf das Geländer, blickte zur devas-

tierten Murinsel. Dort standen Mingus und seine Mannen, wühlten in den Scherben der zersprungenen Eischale. Sie trugen wieder ihre Strohhüte, Bahamashorts
und Sonnenbrillen. Einen Moment lang hatte Willi gedacht, sie könnten keine Touristen sein. Die Zweifel
zerstreuten sich, als die Männer Fotoapparate zückten.
Willi lief hinunter ans Murufer, grüßte Mingus.

Ihr sammelt Andenken?, fragte er.

Esse is nickt alle Gulde, wasse glanst, sagte Mingus.
De Glaube de Mensh isse sejn Himmelraick.

Wie wahr, wie wahr. Es ist Kalk, hab' ich recht?

Konkrete und se Holz is Fieber.

Zement und Holzfaser? Heraklith sozusagen. Findet
man das nicht selten in außerirdischen Eiern.

So jung koma nikte mehr samm. Himüfix nokte ai-
mal.

Da sprichst du recht, wunderlicher Deutschlandsberger.

De Resi hui i abe mit de Traktor, tuliöh.

Mingus' Smartphone spielte »Star Spangled Banner«.

Willi drehte sich weg, anzuzeigen, ihn interessierte
das Gespräch nicht. Das erschwerte das Belauschen be-
trächtlich. Er hörte eine Sprache, die ihm irgendwie
vertraut war, daraus schloss er, es gab eine tiefwurzeln-
de Verbindung zwischen Grazern und Deutschlandsbergern trotz der sechzig Kilometer, die sie trennten.

Madam President, sagte Mingus, dann erzählte er in
der Sprache der Ahnen von der Geburt Lissis, dem

Täufer und dem seltenen Trottel, der dauernd neben ihm stünde und dumme Fragen stellte. Willi konnte das nachempfinden. Wer kannte sie nicht, die Idioten, die einen blöde anglotzten und plapperten, nicht gewahr, keiner wollte sie hören oder auch nur riechen. Ja, er hatte einiges gemein mit seinem neuen Freund aus Deutschlandsberg. Mingus und er waren vom selben Schlag. Apropos Schlag: Ein Selbiger traf seinen Kopf und schaltete die Lichter aus.

Willi blinzelte in die Sonne. Er versuchte, sich zu rühren, doch seine Arme ließen sich nicht bewegen. Er blickte um sich, sah seine Arme und Beine zwischen dunklen Plexiglasscheiben festgezurrt. Einige Meter hinter ihm kniete Mingus mit einer AR-16 im Anschlag.

Was ist los?, fragte Willi.

Du Vougelfutter, sagte Mingus. Locke de vougel.

Lockvogel wofür?

De klejne Lissi.

Sie ist doch bloß ein kleiner Engel.

Sie Bedrohung for mejn Land.

Deutschlandsberg?

Verejnigte Staaten voun Amerika.

Wo sind wir?

Auf Kunst de Haus.

Warum sollte sie mich fressen wollen?

Hunger.

Verstehe, sie ist schon einige Tage hier und hat noch nichts gegessen.

Unten vor dem Kunsthaus stand eine Gruppe von Frauen. Sie jubelten Mingus zu, kreischten, als seien die Beatles wiederauferstanden. Er winkte ihnen bescheiden zu. Sie skandierten, er solle sich ausziehen, doch er verharrte pflichtbewusst in Erwartung eines menschenfressenden Engels. Willi hüstelte.

Wäre es ungezogen, beschwerte ich mich über die mangelnde Bequemlichkeit meiner Lage?

Da Hofa woas voum swansger de Haus. Ejne Shwalbe se mackte kejn Summa.

Eine Sache interessiert mich doch: Was haben die Deutschlandsberger mit den Amerikanern zu tun?

De Biene de ick mejne, de hejst Maya.

So genau wollte ich es gar nicht wissen, ein Hinweis hätte gereicht.

Bette in de Kornfeld isse immer frej. E Nokata in de Hawelka.

Ich hätte doch irgendwann nach Deutschlandsberg fahren sollen. Wie konnte ich erahnen, die Menschen dort beherrschten unsere Sprache so perfekt wie du!

Etwas bewegte sich im Himmel über Willi. Mingus folgte dem Objekt über Kimme und Korn seiner Waffe.

Is it a bird? No! Is it a plane? No! Is it a twister? No! It's an angel!

Du sprichst die Sprache der Ahnen, stellte Willi voller Bewunderung fest.

Anmutig schlugen die Flügel, holten weit aus. In deren Mitte befand sich jedoch kein kleines Mädchen, sondern der Täufer. Er stank vom Himmel, winkte Willi zu. Danach flog er eine elegante Kurve, beschleunigte, während er eine Spirale in den Himmel zeichnete, schraubte sich nach unten und landete auf Mingus Gesicht. Der amerikanische Diplomat starrte Willi an, sprach mit Überzeugung.

Mit de seckundseckig Jahre, da fängt de Leben an, mit de seckundseckig Jahre, da hat man de Spass daran.

Er glitt an der glatten Oberfläche des blasenförmigen Gebäudes hinab. Auf der Straße erwarteten ihn die immer noch kreischenden Frauen, nahmen ihn sicher in Empfang, rissen ihm die Kleider vom Leib und liefen mit ihrer Beute hinunter zum Murufer.

Der Täufer saß hinter Willis Kopf, grinste.

Det haste nich erwartet, wa?

Ein Deutscher, rief Willi. Verräter! Du bist ein Engel wie Lissi. Ihr seid der deutsche Doppeladler. Jetzt verstehe ich alles. Deutschland und Deutschlandsberg – wie konnte es mir entgehen? Du hast den Yankee ausgeschaltet, um die Macht zu ergreifen. Franziska soll gestürzt werden, ihr richtet eine Übergangsregierung ein und bringt Adenauer zurück, den ihr in Deutschlandsberg versteckt haltet. Ich habe nie an seinen Tod geglaubt.

Du bist ein schlaues Bürschchen, Willi. Aber Adenauer hat mit alldem nichts zu tun. Meine Auftraggeber sind nicht von dieser Welt.

Also doch nur Deutschlandsberg.

Willi, sagte der Täufer, bewegte seinen Zeigefinger hin und her. Turn off your mind relax and float downstream. It is not dying, it is not dying. Lay down all thought surrender to the void. It is shining, it is shining.[1]

Auch du beherrschst die Sprache der Ahnen, sagte Willi, seine Augen starrten ins Nirwana. Das Morgen weiß von nichts. Was wird nun?

Zunächst binden wir dich los, dann sehen wir weiter.

***

Der Kulturstadtrat stand auf einer Wiese nahe dem Kalvarienberg. Er blickte wiederholt auf seine Armbanduhr, lief im Kreis, fluchte. Das Gras färbte seine Leinenschuhe grün, Matsch mischte einen Braunton hinzu, das Wasser steuerte einen grauen Streifen bei. Die Trikolore der neuen Ordnung: Grau-Braun-Grün allzeit. Die Kombination war gerade noch frei, sie hatten sich noch nicht überlegt, was die Farben bedeuten mochten – egal. Heraldik war informelle Kunst, nicht viel mehr. Tafelspitz mit Leberknödeln und Petersilie bot sich als eine Deutung an. Die andern hatten gemeint, sie wollten nicht in die Gastronomie wechseln, sondern die Macht ergreifen. Auf seine Frage, worin der Unterschied bestünde, hatte keiner eine Antwort

---

[1] Tomorrow never knows, Revolver, *Lennon/McCartney* (1966)

gewusst, also grinsten sie nur abwertend und fuhren mit ihren ideologischen Überlegungen fort. Aus einer Wolke stach nun ein Objekt mit weiten Flügeln in die Tiefe. Der Kulturstadtrat stellte sich ans Ende der Wiese. Das Objekt näherte sich, sein Fallwinkel verflachte, letztlich strich es übers Gras dahin. Bevor es zum Stillstand kommen konnte, überschlug es sich, purzelte die Wiese entlang, kam vor dem Politiker zu liegen.

Ich sagte dir doch: Flügel auf fünfzig Grad aufstellen bei der Landung, bremse mit der Luft.

Blabla, sagte der Täufer, rieb den Schmutz von seinen Hosen. Wenn du da oben hängst, sieht das anders aus als in der Theorie des heiligen Kulturstadtrats. Der Boden kommt dir entgegen, Panik macht sich breit.

Die beiden sammelten das bespannte Gestänge ein, trugen es zum neben der Wiese abgestellten Pick-up, holten sodann den Basisteil mit dem Elektromotor, verstauten alles auf der Ladefläche, breiteten eine Plane darüber, bestiegen die Fahrerkabine des Transportmittels.

Wie ist es gelaufen?, fragte der Kulturstadtrat.

Ich hatte einen Umweg zu machen.

Was heißt das?

Ich habe Willi aus den Klauen eines Yankees befreit.

Wo?

Auf dem Kunsthaus, mitten auf der Blase.

Woher weißt du, es war ein Yankee?

Kein Österreicher ist so schön.

Das ist allerdings verdächtig. Wie bist du ihn losgeworden?

Die Frauen haben ihn sich geschnappt.

Das ist sein Ende. Niemand verdient so viel Grausamkeit.

Ich habe sein Smartphone.

Gib her! Wieso kümmerst du dich überhaupt um Willi?

Ich sollte doch Aufmerksamkeit erregen mit den Flügeln. Das habe ich.

Du hast recht. Das Smartphone übergebe ich dem Stadtrat für Telekommunikation und Milchkunde. Der knackt das binnen Sekunden.

Ich will gar nicht so viel von eurer Revolution wissen. Was ich nicht weiß, kann ich nicht verraten. Du weißt, ich bin ein altes Plappermaul.

Na gut. Kümmere du dich nur um deine gegrillten Heuschrecken. Wie viele hast du noch?

Die meisten habe ich anbringen können, nur etwa zweitausend sind noch da.

Werden die nicht hart oder schlecht.

Du unterschätzt mich, Bruderherz.

Was hast du mit Willi gemacht?

Den habe ich auf dem Dach des Grazer Doms festgebunden. Dort kriegen ihn die Amis nicht. Aber Lissi hat was zu naschen.

Du hast ein zu gutes Herz, Hansi, das wird dir noch einmal das Genick brechen. Merke dir: Die Philanthropen waren innerhalb der Menschheitsgeschichte immer die Verlierer. Irgendeiner hat sie abgeknallt. Warum? Weil keiner das selbstgerechte Getue lang ertragen kann. Sie nerven. Du willst doch nicht abgeknallt werden, oder? Hol Willi runter. Ich brauche ihn noch.

Mist! Dann muss ich das Ding wieder anlegen.

Sprich mit dem Bischof, er gehört zu uns. Er wird dir helfen. Auf dem Griesplatz warf der Kulturstadtrat den Täufer aus dem Pick-up, fuhr weiter zum Rathaus.

Der Stadtrat für Telekommunikation und Milchkunde sah dem Kulturstadtrat tief in die Augen.

Machst du Witze, es ist ein Hochsicherheitstelefon der US-Regierung.

Wie lang?

Zwei Minuten.

Geht es nicht schneller?

Unmöglich.

Also fang an. Wie geht es Gertrud?

Sie hat einen anderen.

Oh, sorry. Lass dich nicht stören, du hast es gleich geknackt.

Woher weißt du, was ich wann knacke?

Intuition. Ist er jünger als du?

Er hat mir seine Geburtsurkunde nicht gezeigt.

Frag den Stadtrat für Geburten und Straßenbau. Der hat eine Liste.

Der Typ ist nicht von hier.

Ein Deutschlandsberger?

So schlimm ist es nicht. Er soll aus dem Urwald stammen.

Kannibale?

Elektriker.

Verstehe. Das erklärt manches.

So. Fertig. Ich bin drinnen. Nimm!

Wie rufe ich die Nachrichten ab?

So wie auf deinem Telefon.

Mal sehen: *Lieber Mingus, deine Schönheit ist eine Inspiration während meiner Arbeit im Oval Office. Komm doch mal vorbei – in engen Jeans! Deine Madam President.* Na gut, das ist es nicht, was ich suche. Vielleicht hier: *Mingus, du warst ein böser Junge. Hol dir deine Strafe ab. Ich warte in der Präsidentensuite. Madam P.*

Ich denke, sie mochte ihn irgendwie, sagte der Stadtrat für Telekommunikation und Milchkunde.

Unsinn! Erst bist du ihr böser Junge, dann haben sie nur noch Migräne.

Sie scheint keine Migräne zu haben. Der Mann war gut.

Quatsch! Bist du ein Yankee-Freund oder was?

Ich meine ja nur.

Dir bringe ich den Rebel Yell noch bei. Breschnew, dreimal hoch!

Wer?

Vergiss es, das war vor deiner Zeit. Sehen wir lieber weiter: *Mingus, deines und meines passen so gut ineinander, lass uns sie zusammenführen heute Abend. Ich warte sehnlich. Lady P.* Sie meint bestimmt die Herzen. Das wird nichts mehr. Die Frau ist ihm verfallen.

Er hatte mehr Macht, als wir wussten, sagte der Stadtrat für Telekommunikation und Milchkunde. Wenn sie ihm hörig war, hat er womöglich heimlich das Land regiert.

Ich stimme dir zu. Wir müssen den Mann auftreiben, zumindest das, was die Grazer Frauen von ihm übriggelassen haben.

Da würde ich meine Erwartungen nicht zu hoch schrauben.

Denkst du, er wird noch sprechen können?

Weiß Gott, er wird seinen Namen nicht wiedererkennen. Aber vielleicht kann ich sein Hirn knacken.

Wie lang?

Vier bis viereinhalb Minuten.

Es muss eine Möglichkeit geben, das zu beschleunigen.

Du weißt schon wie.

Nicht schon wieder. Na gut. Der Kulturstadtrat hob seine Rockzipfel an, drehte eine Pirouette, sprang anmutig in die Grätsche, sprach:

Alles kann nur alles sein, wenn es auch das Nichts umfasst. Das Nichts seinerseits kann nur nichts sein, wenn es alles ausschließt. Der völlige Ausschluss ist demnach allumfassend. Das ist es, was der Österreicher meint, wenn er sagt: Des is ois nix.

Einverstanden, Philosoph!, sagte der Stadtrat für Telekommunikation und Milchkunde. Drei Minuten.

***

Madam President, sagte Chefideologe Harnishwood. Mingus wird vermisst. Die Truppe ist kopflos.

Wie kann das sein, Harnishwood? Eine Verschwörung gegen unser Land?

Geile Frauen, Madam President, Eure Exzellenz.

Ach das bloß. Mingus hat eine Spezialausbildung. Er wird es überstehen. Wo die Navy Seals versagen, fängt er erst an. Glauben Sie mir, Harnishwood. Ich selbst habe … ich denke, er schafft das. Wie war der Stand seiner Ermittlungen?

Die Frau des Sockenstadtrats trägt burgunderrote Unterwäsche.

Das ist doch schon was. Weiter?

Nichts weiter. Aber ein Passant sagte uns, der Täufer verkaufe flambierte Heuschrecken.

Wie interpretieren Sie das?

Ich denke an eine Verschwörung. Ich schlage den Einsatz von strategischen Nuklearwaffen vor.

Das schlagen Sie doch immer vor, Harnishwood. Lassen Sie sich etwas Neues einfallen, etwas mit ein wenig mehr … je ne sais quoi.

Je was?

Quoi.

Das habe ich nicht.

Chief Whitehouse Correspondent Conolly betrat das Oval Office.

Sie ließen mich rufen, Madam President.

Conolly, ich brauche Ihre Weisheit und Umsicht, sagte die Präsidentin.

Conolly drehte sich um und wollte wieder gehen. Die Präsidentin schnippte mit den Fingern.

Bitte, sagte Conolly, verschonen Sie mich. Das Kreuzworträtsel in der New York Times ist jetzt wirklich nicht mein vordringlichstes Problem.

Es geht ausnahmsweise um etwas anderes, sagte die Präsidentin. Obwohl – was kann wichtiger sein, als die Rätsel seiner Präsidentin zu lösen?

Sie haben mich falsch verstanden, Eure Exzellenz, natürlich ist mir nichts wichtiger …

Halten Sie den Mund, Conolly. Harnishwood wird Sie informieren.

Harnishwood machte Conolly mit den Neuigkeiten bekannt.

Burgunderrot also, sagte Conolly. Das ist eine interessante Wahl. Ich selbst hätte mich für Aubergine entschieden, mit lila Rändchen.

Saum heißt das, sagte die Präsidentin.

Wie weise unsere Führerin ist, sagte Harnishwood.

Die beiden Männer verbeugten sich nachlässig.

Damit wäre das geklärt, sagte Conolly, wandte sich zum Gehen.

Was gedenken Sie im Fall Mingus zu unternehmen?, fragte ihn die Präsidentin.

Ich habe keine Chance, sagte der Chief Whitehouse Correspondent. Er kommt besser bei Frauen an als ich.

Das meinte ich nicht.

Oh. Wir könnten einen Suchtrupp ausrüsten.

Ich schicke ein Atom-U-Boot, sagte der Chefideologe.

Das würde in der Mur für Aufsehen sorgen, sagte der Chief Whitehouse Correspondent.

Wir haben auf der Karte eine Alternative ausgeforscht, den Mühlgang.

Ist dessen Tiefe bekannt?

Etwa einen bis anderthalb Meter.

Wird sich das ausgehen?

Es gibt nichts, was die Navy nicht leisten kann.

Wir könnten sie als Backuplösung einsetzen.

Haben wir nicht einen zweiten Mann wie Mingus?, fragte die Präsidentin.

Keiner ist schön wie er, sagte Conolly.

Sie haben recht. Also doch Atom-U-Boote.

Ich sehe keine andere Lösung, Madam President.

Was, wenn Mingus dabei verletzt wird?

Berufsrisiko. Er opfert sich gern für sein Land.

Aber ich opfere ihn nicht. Er wird noch gebraucht, wegen … interner Angelegenheiten.

Der Chefideologe und der Chief Whitehouse Correspondent sahen einander an.

Was schlagen Sie vor, Madam?, fragte der Chefideologe.

Schicken Sie eine Frau, sagte sie. Sie wird ihn finden.

Mit welcher Bewaffnung darf ich sie ausrüsten?

Fünfundneunzig – neunundfünfzig – neunzig, sagte die Präsidentin.

Ein Nuklearcode? Harnishwood freute sich. Wie weise von Ihnen.

Ihre Maße, Sie Idiot!, sagte Conolly.

Die Truppenstärken der drei Squad-Einheiten, sagte die Präsidentin. Alle weiblich. Ich selbst werde die Führung übernehmen.

Unmöglich, Madam President, sagte der Chefideologe. Sie werden hier benötigt.

Setzen Sie mein Double ein, die versteht mehr von Innenpolitik als ich. Wenn mir etwas zustoßen sollte, bemerkt keiner etwas. Es ist risikolos.

Sie haben recht, sagte Conolly. Wer braucht Sie hier scho… ich meine, ihre Weisheit und so …

Geben Sie es auf, Conolly, sagte die Präsidentin. Ich weiß, was Sie von mir halten.

Das bezweifle ich.

Was halten Sie von mir?

Der Hintern ist ganz ordentlich, aber die Frisur – ich muss schon sagen …

Das war nicht das Thema.

Oh!

Geht, richtet gemeinsam die Squad aus. Ich setze mich inzwischen auf meinen ordentlichen Hintern und erarbeite einen Einsatzplan.

***

Der Geschirrspülstadtrat begleitete Franziska ins Rathaus. In der Halle begegneten sie dem Finanzstadtrat.

Der Landeshauptmann ist erbost, sagte er. Ich komme eben aus der Burg. Von dort aus hat man einen ausgezeichneten Blick auf den Dom. Willis exhibitionistischer Auftritt gerät tatsächlich etwas außer Kontrolle.

Welcher Auftritt?, fragte Franziska.

Willi ließ sich an die Kuppel des Doms ketten. Ich wusste immer, er war Atheist, aber das behält man für sich und freut sich seiner Freiheit, er jedoch protestiert hier gegen was weiß ich, den Papst, die Ministranten, die Pfarrersköchin und ihren Besen …

Willi wird zum Mann, sagte Franziska, sieh an. Das tut etwas mit mir.

Ich lasse mich auf die Spitze der Stadtpfarrkirche binden, sagte der Geschirrspülstadtrat.

Ach du, sagte Franziska, strich über den Arm ihres Favoriten. Ich will keine Kopie. Lass dir etwas Eigenes einfallen. Ich gebe dir drei Stunden.

Der Geschirrspülstadtrat zuckte zusammen.

Willi wird eben vom Bischof und der Pfarrersköchin befreit, sagte der Finanzstadtrat. Aber was geschieht jetzt weiter in der Sache?

Wir befragen Günther, sagte Franziska.

Die drei suchten das Büro des Wissenschaftsstadtrats auf.

Günther, du musst uns helfen, sagte Franziska. Willi ist Atheist, ich bin eine Frau, das Wetter ist schlecht – was soll geschehen?

Der Wissenschaftsstadtrat kratzte sein Kinn, dann kratzte er seinen Hinterkopf, danach kratzte er sich an einer Stelle, die nicht genannt werden soll.

Das größte Problem ist das Wetter, sagte er. Es lässt sich sehr schwer beeinflussen. Atheisten stehen der Frau an und für sich durchaus positiv gegenüber, sie gewähren ihr mehr Freiheiten als die streng geregelte religiöse Gemeinde, betrachten wir nur den sexuellen Aspekt …

Der sexuelle Aspekt soll derzeit ausgespart bleiben, sagte Franziska. Das lasse ich mir offen.

Der Geschirrspülstadtrat schluckte.

Was den Zusammenhang zwischen Atheismus und Wetter betrifft, fuhr Günther fort, so kann gesagt werden, Atheisten beeinflussen das Wetter nicht negativ, zumindest nicht vormittags. Gegen Abend habe ich meine Zweifel, doch kann auch hier bisher kein signifikanter Zusammenhang postuliert werden. Die Wissenschaft hinkt oft dem gesunden Hausverstand hinterher. Uns allen ist im Grunde klar, der Wettergott darf nicht verstimmt werden, aber sagt das einmal einem Eierkopf wie Professor Mitti. Mitti ist eine impotente Hämorrhoide. Man müsste ihm seinen Lehrstuhl für Sozialanatomische Physiologistik wegnehmen und eine Ente draufsetzen, die machte ihre Arbeit mit mehr Kompetenz. Ich hasse Mitti und all seine Kinder, sowas sollte sich nicht fortpflanzen dürfen, miese Eitertestikel, allesamt.

Um Mitti kümmern wir uns später, sagte der Finanzstadtrat.

So bliebe noch das Verhältnis Frau – Wetter zu beleuchten, sagte der Wissenschaftsstadtrat. Wir können, so meine ich, als gegeben voraussetzen, dass die Frau bei jedem Wetter Frau bleibt, was auch in der Umkehrung zutrifft. Zu bedenken gebe ich hierbei jedoch die Gestimmtheit derselben unter als »Schlechtwetter« bezeichneten Bedingungen. Nehmen wir alles zusammen und setzen wir es in Beziehung zu unserem Freund Willi, bleibt zu summieren: Willi ist unschuldig, tötet den anderen.

Wer tötet hier wen?, fragte Franziska.

Ich schlage Mitti vor, sagte Günther. Er verdient es. Ich wäre unter Umständen bereit, den Job selbst zu erledigen.

Danke für deine Hingabe an die Gerechtigkeit, sagte Franziska. Aber das wird bestimmt nicht nötig sein. Ich hätte gern eine endgültige Aussage zu meinem Problem.

Ern ist der nordische Hausflur, sagte Günther.

Das habe ich doch längst raus, sagte Franziska. Sag mir lieber, was Ei, Mehrzahl, fünf Buchstaben, ist.

Das kann ich nicht aussprechen, ich bin Wissenschaftler. Wir haben kein Sexualleben.

Dann müssen wir aufgeben, sagte der Geschirrspülstadtrat. Willi ist nicht zu retten. Er war nett. Ich mochte seine Krawatte.

Ich gehe der Sache auf den Grund, sagte Franziska.

Du fragst die falschen Sachverständigen, sagte der
Finanzstadtrat. Der Stadtrat für Alles-was-mit-Willi-zusammenhängt-oder-auch-nicht-Angelegenheiten wird
dir besser weiterhelfen können.

Warum habe ich nicht selbst daran gedacht?, sagte
Franziska. Der Stadtrat für Alles-was-mit-Willi-zusammenhängt-oder-auch-nicht-Angelegenheiten, das ist
die Lösung.

Den Stadtrat für Alles-was-mit-Willi-zusammenhängt-oder-auch-nicht-Angelegenheiten kontaktieren
wir doch nie, sagte der Geschirrspülstadtrat. Der leidet
unter Depressionen. Er zieht uns nur runter.

Einen Versuch ist es wert, sagte Franziska.

Sie liefen den Gang hinunter zum Büro des Stadtrats
für Alles-was-mit-Willi-zusammenhängt-oder-auch-
nicht-Angelegenheiten.

Hallo Erwin, sagte Franziska. Ich habe eine Frage.

Er erzählte dem Stadtrat, was sich ereignet hatte,
wartete gespannt auf eine Antwort.

Oder nicht, sagte Erwin.

Hh?

Oder nicht.

Ich denke, sagte der Wissenschaftsstadtrat, er be-
zieht sich auf seine Eigenschaft, festzustellen, ob die Sa-

che mit Willi zusammenhängt oder nicht. Oder nicht ist so gesehen eine eindeutige Antwort.

Ich will mehr Details, sagte Franziska.

Wo fange ich an, begann Erwin. Willi kann nur als Wesenheit betrachtet werden, welche in ihrer Ichheit und kognitiven Einheit des Selbst, ganz auf das Ego zu reduzieren ist. Was heißt, Willi ist mir völlig egal. Lasst mich mit ihm in Ruhe. Ich will nichts mehr von ihm hören. Jeder, der durch diese Tür schreitet, befragt mich über diesen dicken Glatzkopf aus Fernitz …

Er stammt aus Fernitz?, sagte der Geschirrspülstadtrat. Ein Spion?

Unsinn, sagte der Finanzstadtrat, mit Fernitz haben wir kein Problem. Wenn er aus Deutschlandsberg stammte, wäre das etwas anderes. Obschon, so richtig wohl ist mir bei dem Gedanken nicht.

Ich weiß, was du meinst, sagte Franziska, wandte sich dann Erwin zu. Nichtsdestotrotz ist es deine Aufgabe, über alles, was Willi betrifft oder auch nicht Bescheid zu geben.

Weißt du, was ich werden wollte?, fragte Erwin die Frau mit den Geheimratsecken. Eisenbahnschaffner wollte ich werden. Hinten einsteigen, Leute! Einer nach dem andern, nur nicht drängeln! Es sind noch alle angekommen. Fahrkarten bitte!

Hach!, sagte der Wissenschaftsstadtrat. Du hattest dieselben Träume wie ich. Gebt den Einstieg frei! Steht nicht immer im Weg herum! Andere wollen auch einsteigen. Du da mit den roten Haaren, zeig mir deine

Karte! Ihr müsst nämlich wissen, die Rothaarigen weisen eine negative Statistik auf, was den Fahrkartenbesitz betrifft. Das ist wissenschaftlich nachgewiesen.

Ich wollte immer der Fahrer sein, sagte der Geschirrspülstadtrat. Zug oder Taxi, ganz egal – sie müssen zahlen, wenn sie weiterkommen wollen. Jawohl, das müssen sie. Ich dachte auch daran, Pilot zu werden, aber ich bin drei Zentimeter zu klein.

Zwerg!, rief der Finanzstadtrat. Er tanzte rund um den Geschirrspülstadtrat, rieb die Zeigefinger aneinander, als wollte er ein Feuer entfachen.

Ich musste meine Träume aufgeben, sagte Erwin, der Stadtrat für Alles-was-mit-Willi-zusammenhängt-oder-auch-nicht-Angelegenheiten. Alles Willis wegen. Seine überbordende Persönlichkeit verlangte nach einem Stadtrat nur für ihn. Hatte Cesar seinen eigenen Stadtrat, Gandhi, Sammy Davies Junior? Nein. Er hat mich meiner Persönlichkeit beraubt. Er hat mich ins Nichts gestoßen.

Der Wissenschaftsstadtrat konnte sich nicht einer Anmerkung enthalten:

Das Nichts ist eigentlich gar kein Ding, nichts gewissermaßen. Fängst du an, davon zu reden, ist es, es darf aber nicht sein. Ich spreche hier über etwas gänzlich anderes, denn das Nichts kann es nicht sein, das Nichts ist kein Thema, kein Wort, kein Gedanke. Vergesst mich, ich existiere gar nicht. Tschüss.

Was blieb mir?, fuhr Erwin fort. Mutilation meiner selbst, Desperation, Isolation.

Gib uns noch ein Fremdwort, Erwin!

Indignation.

Noch eines!

Mississippi.

Eines hast du noch, gib's zu!

Illuminat.

Uh, Erwin ist unser Intellektueller, rief Franziska. Da kann nicht einmal der Wissenschaftsstadtrat mithalten. Willst du seinen Job?

Ich muss schon sehr bitten, sagte der Wissenschaftsstadtrat. So intellektuell wie der bin ich schon lange.

Magst du Willi?

Na ja, er ist irgendwie in Ordnung.

Ich erkläre dich, Günther Bloch, mit heutigem Datum zu unserem neuen Stadtrat für Alles-was-mit-Willi-zusammenhängt-oder-auch-nicht-Angelegenheiten.

Aber …

Komm Erwin, sagte Franziska zum frischgebackenen Wissenschaftsstadtrat. Du bist frei! Mach etwas daraus. Und du, Günther, führst uns an. Unsere Parole: Free Willi!

Nun gut, sagte der neue Stadtrat für Alles-was-mit-Willi-zusammenhängt-oder-auch-nicht-Angelegenheiten. Befreien wir ihn denn aus den Klauen des Bischofs!

Du könntest mir schon die Tür aufhalten, Spüli, sagte Franziska beim Aufbruch zum Geschirrspülstadtrat. Eine Frau mag das.

Du sollst mich doch nicht Spüli nennen vor den anderen, sagte der Angesprochene. Das bringt sie noch auf dumme Gedanken.

Die haben doch nur dumme Gedanken, sagte Franziska.

Spüli! Spüli!, riefen die versammelten Stadträte. Nur Erwin schien zu überlegen, was Spüli auf Latein heißen mochte. In Zweierreihen marschierte der fast vollzählige Stadtrat – mittlerweile hatten sich auch der Sockenstadtrat, der Wirtschaftsstadtrat, der Stadtrat für Geburten und Straßenbau und der Stadtrat für Telekommunikation und Milchkunde dem Zug angeschlossen – zum Grazer Dom.

Das Bauwerk der Spätgotik, erzählte Günther, wurde im fünfzehnten Jahrhundert …

Halts Maul, Günther!, sagte Franziska. Erwin wird uns etwas über das Gebäude erzählen. Er ist jetzt unser Intellektueller.

Erwin räusperte sich.

Das Gebäude, wie schon gesagt, ist ein Bauwerk, was dazu führte, dass man es baute. Die Leute bauen Häuser, Hundehütten, Stadel und Kompostkisten. Das Wichtigste beim Bauen ist die Stabilität, sonst stürzte das Bauwerk über seinen Besuchern zusammen; niemand will das, darauf hat man sich geeinigt. Man konnte sich auch darauf verständigen, Bauwerke durch Türen zu erschließen, ferner Licht- und Luftöffnungen in Form von Fenstern vorzusehen, nicht zuletzt das umschlossene Ganze mit einem Dach zu bekrönen, da-

mit die Haare der Bewohner nicht nass würden, derge-
stalt ihrer toupierten Form beraubt.

Danke, Erwin, sagte Franziska, stolz, die weise Entscheidung des politischen Funktionswechsels getroffen
zu haben. Die städtische Abordnung umrundete die
Kirche, traf auf den Messner, der sie auf den Bischofsplatz verwies, wohin der Bischof Willi bringen hatte
lassen.

Sie schritten über den Bischofsplatz, wo die Luxuskarossen der Stadt geparkt standen, denn eher ginge
ein Kamel durch ein Nadelöhr, als ein Kleinwagen auf
den Bischofsplatz Parkraum fände. Mitten auf dem
Platz stand eine Art hölzerner Thron, auf welchem Willi saß. Er trug einen purpurnen Parker mit Kunstpelz-
besatz. Hinter ihm hielt der Bischof einen Adventkranz
über das Haupt des Beraters des Bürgermeisters. Vor
Willi standen zwei Ministranten und ein Straßenmusiker mit einer Knopferlharmonika. Er spielte und sang
»Smog On The Water«, während der Bischof nette Dinge über Willi sagte. Die Dinge waren so nett, Willi
duckte sich immer tiefer in seinen Thron. Er war ein bescheidener Mann. Der Geschirrspülstadtrat begriff sofort, was hier geschah. Er musste es verhindern.

Hang Mike Pence, schrie er, stürmte auf den Platz.
Ein Ministrant stellte ihm ein Bein, setzte seinen Fuß
auf das Gesicht des auf dem Kopfsteinpflaster Liegen-
den, faltete die Hände.

Amen, sagte er.

Der Bischof erklärte Willi zum Erzherzog über Graz, Graz-Umgebung, Deutschlandsberg und Waidhofen an der Thaya. Er fügte noch einen Vorort von Bremerhaven hinzu, dessen Name nicht zu verstehen war, küsste Willis Stirn und setzte den Adventkranz auf dessen Haupt. Der Geschirrspülstadtrat vermochte das Geschehen nur aus der Mausperspektive zu verfolgen, ihm entging jedoch nichts. Franziska schien verstört.

Bin ich jetzt nicht mehr die Prinzessin von Graz?

Der Erzherzog verfügt über die Verwaltungsmacht, sagte der Bischof. Du bist Geschichte, Mädel.

Lissi erschien einen knappen Meter über Willis Kopf. Ein Halo umstrahlte sie, als hätte man sie aus einem Videospiel extrahiert.

Ihr werdet alle sterben, sagte sie.

Sie hat nicht viel Neues zu berichten, sagte Günther.

Halt's Maul, Günther, sagte Franziska.

Sie hat nicht viel Neues zu berichten, sagte Erwin.

Das ist eine interessante Perspektive, Erwin, sagte Franziska.

Die geflügelte Göre nervt, sagte der Sockenstadtrat. Wo sind Willis Einsatzkräfte mit den Keschern?

Willi hat absichtlich die schlechtesten Jäger ausgesucht, brachte der Geschirrspülstadtrat hervor, obschon jemand auf seinen Kiefern stand. Er hat die Machtübernahme von langer Hand vorbereitet. Die Kleine gehört zu seiner Verschwörungsgemeinschaft.

Die Rechnung hat er ohne uns gemacht, sagte der Kulturstadtrat, der eben zur Gruppe gestoßen war. Er steckte zwei Finger in den Mund, pfiff. Aus allen Zufahrtsstraßen strömten schwarzgekleidete schlanke Menschen mit Macheten und Vuvuzelas. Sie erzeugten ohrenbetäubenden Lärm, turnten herum. Einige Passanten klatschten Beifall. Die Kämpfer verbeugten sich bescheiden.

Nieder mit den Autokraten!, schrie der Kulturstadtrat. Die Stadträte übernehmen von nun an. Ich rufe hiermit die Räterepublik aus!

Republik?, fragte Franziska. Bist du verrückt geworden, Arnold? Es ist eine Stadt.

Wir haben die Definitionsgewalt, sagte der Kulturstadtrat. Übrigens heiße ich nicht Arnold, Franz.

Wer ist Franz?, fragte Franziska.

Die Räterepublik bestimmt, sagte Arnold oder wie immer er hieß, was eine Stadt ist, was ein Land, was ein Staat und was die Welt. Wir bestimmen auch, welche Geschmacksrichtung Gummibären haben und in welche Richtung die Zeiger einer Uhr sich drehen dürfen. Ich ... äh, wir ... die Stadträterepublik ist Wirklichkeit. Lebt damit. Nehmt den Bischof gefangen, sagte er zu den Ninjas. Die andern jagt zum Teufel.

Der Täufer trat aus der Bischofsresidenz.

Er hat nun die Taufgewalt, sagte der Kulturstadtrat, wies auf Hansi, den Täufer. In Fragen der Spiritualität wendet euch an ihn, auch wenn euch sonst etwas plagt.

Jemand hob die Hand.

Täufer, meine Frau will keinen Sex mehr. Darf ich mir eine andere nehmen?

Natürlich, sagte der Täufer. Gehe hin und mehre dich.

Ich, ich!, rief eine Frau.

Sprich, sagte der Täufer.

Wenn er eine andere nimmt, darf ich ihn verklagen und bekomme das Haus und den BMW?

Selbstverständlich. Den Gerechten wird gegeben werden.

Hallo, ich noch mal, sagte der Erste. Wenn sie mein Auto kriegt, zahlt mir dann der Staat ein neues?

Aber klar doch. Die Bedürftigen werden von der Gemeinschaft aufgefangen.

Ich wieder, sagte die Frau. Habe ich Anspruch auf Ersatz in Form eines jungen Mannes, zirka einenmeter-fünfundachtzig groß mit Muckis?

Dir wird gegeben werden.

Applaus brandete auf. Die Räterepublik war installiert.

Der Bundeskanzler. Leute, Leute, das is' was.

Was'n los?

Der Mann macht es nicht mehr lang.

Erzähl schon!

Na, die Konferenz dort in Zürich. Die ganz Große. Heiße Sache. Die ganze Welt war dort.

Ach das. Gequatsche, nichts weiter.

Nicht unser Bundeskanzler.

Ich ahne Schlimmes. Hatte er etwas mit der englischen Außenministerin?

Nein. Das war das Verwirrende. Alle haben darauf gewartet. – Leerlauf. Tote Hose. Aber während der zweiten Gesprächsrunde ist er unter den Tisch gekrochen und hat den russischen Präsidenten Kakow sexuell belästigt.

Wie hat Kakow reagiert?

Er wollte mehr.

Wovon?

Morphium.

Er hatte Schmerzen?

Jeder weiß, unser Bundeskanzler verfügt über eine spitze Zunge.

Das ist wohl wahr. Hat man ihn zum Rücktritt aufgefordert?

Nein, aber er gab eine Pressekonferenz, in welcher er einen gewissen Willi in Graz pries, seines Zeichens Erzherzog.

Die Steirer und ihr Erzherzog. Sie mussten wieder einen haben. Es war nur eine Frage der Zeit.

Sag' das den Bürgern von Waidhofen an der Thaya. In Bremerhaven bauen sie schon Dämme.

Das tun die doch immer. Ich würde mir keine Sorgen machen.

Das war's noch nicht. Der Bundeskanzler setzte aufs falsche Pferd. In Graz wurde die Räterepublik ausgerufen.

Was hat das mit Präsident Kakow zu tun?

Kakow hat die Räterepublik international anerkannt. Ihm folgten Weißrussland, Kuba und Feuerland. Das Kind liegt in trockenen Tüchern.

Was bedeutet das für das Kind, was für uns in Steyr?

Für das Kind möchte ich derzeit nicht sprechen, lassen wir es wachsen und selbst Stellung beziehen. Was uns betrifft: Wir müssen uns mir Dornbirn zusammentun, die Desperados aufzuhalten.

Du meinst die Despoten.

Die auch.

Wirklich mit Dornbirn? Wie wäre es mit Imst?

Dornbirn.

Eisenstadt, Chikago, Kapstadt.

Dornbirn or bust.

Bust.

Die Demokratie, wie wir sie kennen, ist in Gefahr. Wir müssen alles tun, sie zu konservieren, sei es mit dornigen Birnen. Übrigens, wie geht es Gitti?

Du meinst Nicole.

Schon wieder eine Neue?

Wir sind seit vierzehn Jahren verheiratet, du könntest dir langsam ihren Namen merken. Wann wirst du dich mal in feste Hände begeben.

Ich bin seit achtunddreißig Jahren verheiratet, danke der Nachfrage.

Siehst du, die Menschen müssten sich nur so umeinander kümmern wie wir beide, dann gäbe es keine Probleme.

———————

Am Bischofsplatz waren nur noch wenige Menschen zu finden. Die Ninjas hatten den Bischof weggeschafft, die Stadträte die Luxuskarossen konfisziert und vom Platz gefahren. Die Schaulustigen hatte man vertrieben. Lissi schwebte immer noch über Erzherzog Willi, den niemand zu berühren wagte, doch den Thron hatte man ihm unter dem Hintern weggezogen. Er saß in der Mitte des Platzes auf dem Boden, gemeinsam mit Franziska und Günther, dem neuen Stadtrat für Alles-was-mit-Willi-zusammenhängt-oder-auch-nicht-Angelegenheiten. Es war sein Job. Er wurde aus dem Räterat verbannt, weil er zu viel mit Erzherzog Willi zu tun hatte. Sein Einwand, er habe die Funktion eben erst übernommen, Erich wüsste viel mehr über Willi, wurde hinweggewischt. Die drei saßen im Schneidersitz, beleuchtet von Lissis Halo. Die Gescheiterten wiesen eine fast verwandtschaftliche Ähnlichkeit auf. Das war normal. Wäre Günther noch Wissenschaftsstadtrat, hätte er es folgendermaßen erklärt: Schlug das Schicksal zu – und das tat es mit beinahe regelmäßiger Häufigkeit überall – traf es einen Unvorbereiteten. Was nun war genau genommen ein Unvorbereiteter? Nehmen wir, nur zum leichteren Verständnis, Billy The Kid, einen unverdächtigen Pistolero, der übrigens nur Colts benutze, die man nun wirklich nicht als Pistolen bezeichnen konnte, weshalb er treffender Revolverheld genannt werden soll. Der begabte junge Mann schien immer vorbereitet, schneller als die anderen, schneller als er selbst. Es geht das Gerücht, er fürchtete sich so sehr vor seiner Schnelligkeit, dass er sich dem Alkohol zuwandte, sich zu bremsen, was die unerwartete Folge zeitigte, den Geschwindigkeitsunterschied zu sich selbst noch zu vergrößern, seine Lage also noch verschlimmerte. Billy – wie wir ihn amikal nennen wollen – hatte eine geniale Idee. Was, sagte er sich, wenn ich mein Selbst gegen eine ganze Gruppe von Verfolgern kämpfen lasse, es dadurch ablenke und beschäftige, wonach ich hinterrücks … kurz: Er hatte Erfolg. Der Unvorbereitete wurde durchsiebt wie Omis Gießkanne. Lachend ging er ins Jenseits, schneller als sein Selbst. Wer sich hier noch fragte, worin der Zusammenhang mit der Ähnlichkeit zwischen den drei Männern auf dem Bischofsplatz bestünde, sei auf »Der dritte Polizist« von Flann O'Brien verwiesen. Wenn er zurückkehrte, wüsste er vielleicht nicht wesentlich mehr, hätte jedoch ein wertvolles Stück Literatur genossen. Na gut, es sei verraten. Nicht nur, dass alle drei geschmacklose Krawatten trugen, sie wurden im Moment des größten Ruhms wie Billy The Kid ins Nichts gestoßen. Das grub sich in die Gesichter, die Körperhaltung spiegelte jene des anderen, sie bedienten sich beredt der Sprache des Schweigens. Nach zwanzig Minuten hob Franziska das Haupt.

Ich glaube, sie will etwas sagen.

Wer? Fragte Erzherzog Willi.

Lissi.

Lass mich raten. Wir werden alle sterben?

Lissi schlug mit den Flügeln. Ihr Halo wechselte Farben und Leuchtkraft. Ihre Stimme donnerte über den Platz hinweg.

Ich bin der Engel des Todes.

Wow, sagte Günther, sie klingt wie ein Duett von Barry White und Lee Marvin.

Ich bin Franziska, entgegnete Franziska dem Engel. Verzeih, dass ich keinen Knicks vollführe, im Sitzen ist das …

Lass das, Franziska, sagte der Erzherzog. Sie ist doch nicht blöd, nur weil sie wie ein Vogel aussieht.

Rabenvögel sollen sogar sehr intelligent sein, sagt man, warf Günther ein.

Das weißt du nicht, du bist nicht mehr Wissenschaftsstadtrat.

Ich wollte euch nur mit dem letzten Gerücht vertraut machen. Auch ich kann mich nicht vor der Welt verschließen, die Menschen reden und …

Ich bin der Engel des Todes, gewitterte Lissis Stimme lauter als zuvor.

Sie neigt dazu, sich zu wiederholen, stellte Günther fest. Anzeichen beginnender Demenz.

Sie wurde eben erst geboren, wandte Franziska ein.

Das können wir nicht mit Bestimmtheit sagen, gab Willi zu bedenken. Wir sahen sie einer Struktur entsteigen, welche funktional einem Ei glich. Habt ihr daran gedacht, es könnte sich auch um ein Raumschiff gehandelt haben?

Das One-Time-Use-Modell, schlug Franziska vor. Aus der No-Return-Klasse.

Sie wird sich ein Neues bauen, aus den Scherben des Kunsthauses.

Ich bezweifle die Eignung von Plexiglas für …

Ich bin der Engel des Todes! Lissi verursachte ein kleines Erdbeben.

Hier wird es etwas laut, sagte Willi. Ist noch jemand dafür aufzubrechen?

Stimmen wir ab, sagte Franziska. Wie in der guten alten Demokratie. Sie wird mir fehlen.

Die Abstimmung verlief letztlich eindeutig, was darauf zurückzuführen war, dass drei Stimmen zu vergeben waren und nur zwei Optionen zur Auswahl standen. Wer etwas von Mathematik verstand, konnte voraussagen, es würde – vorausgesetzt, eine Stimmenthaltung war nicht erlaubt – ein Ergebnis von 3:0 oder 2:1 folgen. Stimmengleichstand war unwahrscheinlich. Ein kleiner Tumult entstand, als Franziska Günther des Wahlbetrugs bezichtigte. Plötzlich waren vier Stimmen im Spiel gewesen. Nach genauerer Analyse stellten sie fest, Lissi hatte mitgestimmt. Damit war nicht zu rechnen gewesen. Eine nachfolgende Grundsatzdiskussion ergab, Lissi sei nicht wahlberechtigt, da sie den Anlass für das demokratische Ritual darstellte, somit nicht den Ausgang desselben beeinflussen durfte. Außerdem war sie minderjährig, vermutlich keine Bürgerin dieses Staates und, seien wir ehrlich, ein Engel.

Das ist unfair, sagte Lee Marvin oder Lissi, je nach Kenntnisstand des Zuhörers. Und überhaupt werdet ihr alle sterben.

Das fanden die anderen nun doch undankbar, nachdem man sich bemüht hatte, eine Debatte zuließ, einen Engel – noch einmal: illegal eingeflogen! – nicht diskriminierte. Lissi lenkte schließlich ein, sagte zu, nicht länger mit lauter Stimme zu sprechen. Im Übrigen würden sie jedoch alle sterben. Darauf einigte man sich gern. Das Leben sei voll der Kompromisse, ließ Franziska die anderen wissen, die davon noch nie etwas gehört hatten. Die Überraschung gelang. Selbst Lissi war bass erstaunt.

Warum gehen wir nicht einen zwitschern?, fragte Günther.

Den Mann sollte man beobachten, meinte Franziska. Er hat Potential.

Auf in den Landhauskeller!, bestimmte der Erzherzog. Lissi flatterte hinterher.

Beim Einzug in den Landhauskeller brandete ein kleiner Applaus für den Erzherzog auf. Er winkte lässig ab. Lissi zog es vor, draußen zu warten, auch dort würden alle sterben, insofern entging ihr nichts. An einem der hinteren Tische saß Albert, der Baustadtrat, mit einer Frau, die in eine Burka gehüllt war. Seine ehemaligen Kollegen begaben sich zu ihm.

Ich bekenne, sagte Albert. Er erhob sich ein Stück weit von seinem Stuhl.

Später, Albert, sagte Franziska, drückte Albert auf seinen Stuhl zurück. Später. Willst du uns der Dame nicht vorstellen?

Das ist meine Frau, Aisha.

Die mit den roten Haaren?, flüsterte Franziska in sein Ohr.

Sieht es sehr schlimm aus?, flüsterte seinerseits der Angesprochene.

Es geht so, gab Franziska zischelnd zurück.

Willi beobachtete die beiden, dann beugte er sich zu ihnen vor, flüsterte.

Sie trägt eine Burka, sagte er.

Ich weiß, sagte Albert.

Wovon redet ihr? Niemand kann ihre Haare sehen.

Typisch Mann!, sagte Franziska. Laufen blind durchs Leben, sehen das Augenfälligste nicht. Männer: Wir entscheiden uns für sie, weil Krokodile nicht schnell genug laufen, wenn wir sie mit dem Müll hinunterschicken. Für die Krokodile wiederum spricht, dass man aus ihnen attraktive Handtaschen machen kann. Männerleder wirkt runzelig und stumpf, auch farblich hält es nicht, was es verspricht. Womit wir beim zweiten Punkt angelangt wären: Versprechen und deren Einhaltung. Männer enttäuschen. Das kann allgemein und ubiquitär ausgesagt werden. Das Mann ist ein kurzlebiges, nachlässig gestaltetes Wegwerfprodukt eines …

Danke Franziska, sagte Erzherzog Willi. Wir interessieren uns derzeit mehr für Aisha. Er sah Albert an.

Sprich mit ihr!, sagte der.

Hallo Aisha, sagte Willi. Schöne Haare. Steht Ihnen gut, das Rot. Passt zu, na ja, dem Blau des Gitters vor ihren Augen.

Danke, Erzherzog, sagte Aisha. Wie finden Sie die blonde Strähne auf der Stirn?

Albert fuchtelte mit den Händen, verzog die Lippen. Willi fand das kindisch.

Oh, die Strähne lockert das Gesamtbild auf, sagte er zu Aisha. Sehr gelungen.

Albert schlug die Hände vors Gesicht. Aisha erhob sich, ging wortlos aus dem Lokal.

Hab' ich etwas Falsches gesagt?, fragte Willi.

Aisha hat keine blonde Strähne, sagte Albert. Es ist ein Test. Ihr Fluch wird dich ein Leben lang verfolgen.

Mir folgt schon so einiges. Was sagt ihre Religion dazu?

Aisha ist Atheistin. Sie schützt sich mit der Burka vor Sonnenbrand.

Das ist sehr vernünftig, sagte Günther. Ich kann das nur weiterempfehlen, mehr noch, ich denke daran, es selbst auszuprobieren. Von Cremes mit hohem Sonnenschutzfaktor bekomme ich Pickel.

Du auch?, staunte Franziska. Ich vertrage auch Feuchtigkeitscremes nicht gut, besonders unter den

Augen, das bläht meine Tränensäcke auf. Wie ist das bei dir Willi?

Ach, ich verwende weder … lasst mich doch in Ruhe! Albert, warum bist du nicht bei den anderen Stadträten? Ihr seid an der Macht, du kannst endlich alles umsetzen, wovon du immer geträumt hast.

Ich habe nur erotische Träume, gestand Albert. Ich bin nur in die Politik gegangen, weil ich keine Lehrstelle gefunden habe.

Natürlich. Das ist doch bei uns allen so. Das heißt nicht, wir engagierten uns nicht.

Doch, das heißt es, sagte Franziska. Ich will nur einen dickeren Wagen fahren als alle anderen.

Ich auch, sagte Günther.

Ich werde jetzt etwas tun, sagte Willi, das je zuzulassen, ich nie gedacht hätte. Albert, bekenne!

Was soll ich bekennen?

Was du immer schon bekennen wolltest.

Hm, das fällt mir jetzt nicht ein. Ihr könnt doch nicht einfach so aufhören, mir den Mund zu verbieten. Das stürzt mich in eine Identitätskrise. Wie soll ich …

Albert, halt's Maul!

Du bist ein echter Freund, Willi. Albert schüttelte die Hand des Erzherzogs, lief aus dem Lokal. Ein Sommelier näherte sich dem Tisch.

Die Herrschaften zahlen die Zeche der beiden?, fragte er.

Franziska übernimmt das, sagte Willi. Franziska schmollte.

Der Herr und das wandelnde Zelt ziehen diese Nummer täglich durch, sagte der Sommelier. Sie finden immer wieder einen Dummen.

Die Politiker setzten sich an den Tisch, bestellten eine Runde Veltliner und orderten, aus dem Supermarkt geschnetzelte Heuschrecken zu holen. Dieselben trafen deutlich früher ein, als erwartet. Sie erfuhren, der Täufer verteilte sie am Hauptplatzbrunnen als Gegenleistung für eine Umarmung.

Der muss es nötig haben, sagte Willi. Läuft wohl nicht so gut mit dem anderen Geschlecht.

Das könnte uns nicht passieren, sagte Franziska, lächelte gezwungen.

Ja, sagten Willi und Günther wie aus einem Mund. Dann wurde es still um den Tisch.

Der Zeitungsverkäufer stürmte in das Lokal.

Es ist wieder geschehen!, rief er.

Was?, fragte der Sommelier.

Noch'n Ei!

Wo?

Deutschlandsberg.

Ach so. Die gehen uns nichts an.

Gut so, Speisenträger, sagte Franziska. Der Feind verdient unser Mitgefühl nicht.

Ich bin kein Speisenträger, Tussi. Ich bin Sommelier.

Diese Tussi ist dein Bürgermeister, sagte Günther.

Nicht mehr, sagte der Sommelier. Lang lebe die Räterepublik!

Wir sind Geschichte, sagte Willi. Dann behauptete er etwas, das den ganzen Tag im Gedächtnis der Bürger von Graz bleiben sollte: Heute ist Donnerstag.

Der Zeitungsausträger erzählte, das Ei wurde auf dem Parkplatz hinter der Arbeiterkammer der Bezirkshauptstadt entdeckt. Eine lokale Wirtin lenkte in aller Frühe ihr Fahrzeug auf den Parkplatz, ärgerte sich über die Behinderung einer braven Bürgerin durch außerirdische Günstlinge. Parkt eure Eier gefälligst am Ballhausplatz in Wien!, soll sie gerufen haben. Danach holte sie ihre selbstgebackenen Zupfkuchen und Apfelstrudel aus dem Kofferraum, ließ einen Strudel vor dem Ei zurück – man ist ja kein Unmensch – und verständigte von ihrem Lokal aus die Fürsorge. Dieselbe rief bei der Müllabfuhr an, welche den Autofahrerklub alarmierte. Der Letztere wandte sich an einen lokalen Hörgeräteverkäufer, der endlich die Wäscherei verständigte. Eine Abordnung der Wäschereiarbeiter begutachtete das Problem, entschied, vorerst Stillschweigen zu bewahren. Ein Urlauber aus Schweden verständigte eine Stunde später die Behörden, die sofort zur Tat schritten, indem sie sich für nicht zuständig erklärten.

Man kann sagen, was man will, sagte Willi. Die Verständigungskette in Deutschlandsberg funktioniert. Die Bösen sind stets gut organisiert. Bei uns wäre das undenkbar. Schon der Autofahrerklub würde behaupten, ein Kindersitz mit Isofixierung würde gesucht.

Der Zeitungsausträger war noch nicht fertig.

Ein Amerikaner, sagte er, den man erst für einen Grazer Spion hielt, der die Sprache der Ahnen beherrsche, hat sich mit einer Einsatztruppe auf die Lauer gelegt.

Mingus!, rief Willi. Er lebt.

Englisch ist die Sprache der Ahnen?, wunderte sich Franziska. Günther, entwirre das für uns.

Die Sprache der Ahnen, führte Günther aus, bedeutet nicht, was man im ersten Moment denken würde. Stellt euch vor, jemand fragte euch, welches das dritte Gesetz der Thermodynamik sei. Was würdet ihr antworten?

Keine Ahnung, sagte Franziska.

Seht ihr, setzte Günther seine Ausführungen fort. Die Sprache der Ahnen ist die Sprache, die ihr bestenfalls erahnen könnt. Ein Dictionary nimmt euch das Ahnen, bring Sicherheit. Lernt, Leute, lernt!

Du wirst nicht für Naseweisheit bezahlt, sagte Franziska. Den letzten Teil ignoriere ich.

Die Nachricht vom Ei sollte uns mehr bekümmern.

Was bedeutet das für uns?, fragte Franziska.

Deutschlandsberg darf keinen eigenen Engel haben, sagte Günther. Wir müssen es verhindern.

So sei es.

Der Sommelier sah, die Gruppe brach auf.

Darf ich die Rechnung bringen?, sagte er.

Gehen Sie nur, sagte Franziska. Als sich der Mann umdrehte und zur Theke aufmachte, liefen die drei los. Sie liefen bis zum Jakominiplatz, sprangen in eine

Tram. Erinnerungen an bessere Tage kamen hoch. Willi und Franz hatten manche Zeche geprellt, nicht, weil sie kein Geld gehabt hätten, sondern des Abenteuers willen. Sie fuhren zum Bahnhof, wo sie den Zug nach Deutschlandsberg bestiegen.

***

Wie heißt das, was wir sind?, fragte der Stadtrat für Telekommunikation und Milchkunde.

Räterepublik, sagte der Kulturstadtrat.

Ist nicht Österreich eine Republik und wir ein Teil davon.

Junge, wir haben doch nicht zufällig jetzt zugeschlagen. Zum einen ist die Regierung nach den Verhaltensweisen unseres Bundeskanzlers verwundbar. Gestern hat er sich im Royal Opera House in London entblößt. In instabilen Zeiten ist alles möglich. Zum andern ist Graz in aller Munde. Wir haben einen verdammten Engel in der Stadt, das macht uns zu Auserwählten. Die Amerikaner wollten uns die kleine Lissi stehlen, so wichtig ist sie. Wir müssen sie einfangen und zu unserem Maskottchen machen. Wir übernehmen die Macht im Staat, dann in Europa, schließlich über die Welt.

Sowas hat schon mal einer gesagt, sagte der Gesundheitsstadtrat. Der musste sich dann mit seiner Shady vertschüssen.

Immerhin *hatte* er eine Shady, sagte der Kulturstadtrat.

Der Gesundheitsstadtrat duckte sich weg und weinte. Der Sockenstadtrat hob die Hand.

Was tut eine Räterepublik?, fragte er.

Das weiß ich auch noch nicht so genau, sagte der Kulturstadtrat, ich werde es googeln. Es muss etwas mit uns zu tun haben, wir sind Räte. Und wenn nicht, wissen das die anderen auch nicht. Wir behaupten es einfach und bekommen die besten Groupies ab. Die Durststrecke ist vorbei, Freude. Wir nehmen uns alles, was wir wollen.

Ist das unser Programm?

Programme sind was für Parteien. Wir haben einen Engel.

Lissi schwebte über Willi, wagte der Stadtrat für Telekommunikation und Milchkunde einzuwenden.

Wollt ihr unter Erzherzog Willi dienen oder herrschen?

Ich hätte gern einen großen Teddy, sagte der Sockenstadtrat.

Halt's Maul, Socke! Übrigens, ohne Franz und seinen kleinen Fetisch brauchen wir keinen Sockenstadtrat mehr. Du bist ab heute Stadtrat für Alles-was-es-zur-Räterepublik-zu-wissen-gibt-Dinge.

Bekomme ich auch einen neuen Namen, fragte der frisch ernannte Wissenschaftsstadtrat.

Wir werden uns oft auf die Wissenschaft berufen müssen, du behältst Namen und Funktion.

Die Tür zum Sitzungssaal knarrte. Alle Blicke richteten sich zur Türschwelle.

Was soll das?, sagte der Wirtschaftsstadtrat. Nix rein. Raus mit dir. Gehen raus du.

Schon gut, sagte der Kulturstadtrat. Das ist mein Bruder Hansi.

Ist das nicht der Täufer?, sagte der Stadtrat für Alles-was-es-zur-Räterepublik-zu-wissen-gibt-Dinge.

Eine gratinierte Heuschrecke, irgendwer?, fragte der Täufer.

Der Geschirrspülstadtrat holte sich eine Delikatesse.

Fein, sagte er. Mit Käse überbacken.

Warum isst du sie nicht?, fragte der Wissenschaftsstadtrat.

Bist du verrückt? Es sind Heuschrecken. Ich lege sie auf meinen Schreibtisch unter das Porträtfoto meiner Frau.

Willst du damit etwas Spezielles ausdrücken?

Ich? Nö. Wieso?

Deine Frau und so …

Ich liebe meine …

Sag es.

Was?

Sag: Heuschrecke – Schreckschraube.

Das würde ich niemals … Schreckschraube!

Na siehst du, das tat doch gut, oder?

Ich fühle mich schuldig. Sie ist lieb. Sie ist eine gute Frau. Sie sieht mich seit Jahren nicht an. Sie schwärmt für die jungen Männer aus der Nachbarschaft. Sie kocht ausgezeichnet. Sie brüllt, sobald sie mich sieht. Sie ist sehr gepflegt.

Aha, sie ist gepflegt. Franziska ist auch gepflegt. Was soll das?

Was kann ich tun?

Nimm einen Sack voller Heuschrecken und leg sie rund um das Foto, dann besorg dir Stecknadeln …

Ruhe da hinten, sagte der Kulturstadtrat. Wir haben Besuch. Benehmt euch!

Protektion!, schimpfte der Wirtschaftsstadtrat. Wir dürfen unsere kleinen Brüder nicht mitbringen. Franziska sagte sogar, sie hasste Alberts kleinen Bruder.

Franziska ist Geschichte. Albert ist nicht hier. Wo steckt er überhaupt? Eventuell brauchen wir einen neuen Baustadtrat. Was hältst du davon, Hansi?

Ich würde bestenfalls Taufstadtrat.

Hm. Ich weiß nicht. Ich denke darüber nach.

Wieso hast du hier überhaupt das Sagen, Kulti?, fragte der Stadtrat für Telekommunikation und Milchkunde.

Nenne mich nicht Kulti. Ich habe einen Titel.

Kulti, Kulti!, riefen alle Stadträte.

Kulti!, rief der Täufer.

Selbst du, Bruder?

Nimm eine Heuschrecke. Du weißt, was du jetzt tun musst.

Der Kulturstadtrat nahm eine Heuschrecke, zeigte eine traurige Grimasse, zog sich in den hinteren Teil des Saales zurück, stellte sich in die Ecke.

Ich soll nicht hochmütig sein. Ich soll nicht hochmütig sein. Ich soll nicht ...

Der Täufer berief eine Folgesitzung ein.

Vergesst die Räterepublik, sagte er. Das System ist zu verschachtelt und von lokalen Machthabern gesteuert. Unsere Herrscherin soll die Vernunft sein. Wir wissen mehr als andere über unser Spezialgebiet, wir geben Stoßrichtungen vor, unterbreiten dem Volk Lösungsmöglichkeiten, das Volk wählt die beste aus, gibt uns den Auftrag, sie auszuarbeiten, überprüft deren Qualität, verwirft den Vorschlag, womöglich sogar den ursprünglichen Lösungsweg, wählt einen anderen, gibt den Auftrag zurück, wir arbeiten, bis wir eine für alle gangbare Lösung gefunden haben. Selbstverständlich binden wir andere Sachverständige ein.

Ist das nicht zu kompliziert?, sagte der Geschirrspülstadtrat. Das kann ewig dauern.

Das tut es erst recht, wenn du falsche Entscheidungen triffst und das Volk eine ganze Legislaturperiode warten muss, eine Partei zu wählen, die das wieder korrigiert. Parteien sind wie die Banden, die sich in der Schule gebildet haben. Entweder du gehörtest zu einer davon, ob sie dir zusagte oder nicht, oder du warst der, welcher alle Kopfnüsse abbekam. Ich war ... Egal, es war ein angstgetriebenes System. Unser System basiert auf Vernunft und Fakten, nicht auf Emotionen und Kriegsgeheul. Keiner weiß so viel über Socken, wie unser Sockenstadtrat hier.

Er ist nicht mehr Sockenstadtrat, sagte der Wirtschaftsstadtrat.

Oh, wie schade. All die Erfahrung ist dahin. Nun gut, wir werden die Verantwortlichkeiten neu verteilen. Im Prinzip kann sich jeder jedwede Fachrichtung aneignen. Nur der Geschirrspülstadtrat ist unverzichtbar, die Weitergabe unseres Geheimwissens muss gesichert sein.

Wir brauchen einen Verteidigungsstadtrat, sagte der Stadtrat für Telekommunikation und Milchkunde.

Das ist ein interessanter Einwurf, sagte der Täufer. Die Vergabe der Disziplinen kann noch warten. Konstituieren wir das System.

Aber Russland und die anderen haben nur die Räterepublik anerkannt, sagte der Wissenschaftsstadtrat.

Die werden bald dankbar sein, von uns anerkannt zu werden, sagte der Täufer. Wir stellen eine Scheinräterepublik auf, dann gleiten wir langsam in unser System über. Wir erfassen den österreichischen Staat, dann die Europäische Union, schließlich die Welt.

In die Ecke!, sagte der Geschirrspülstadtrat.

Der Täufer weinte, stellte sich in die Ecke gegenüber jener, die sein Bruder belegte. Er faltete die Hände.

Memento mori. Memento mori. Memento …

Was sagt er?, fragte der Wirtschaftsstadtrat.

Er könnte Zahnschmerzen haben, gab der Stadtrat für Telekommunikation und Milchkunde zu bedenken.

Er wird sich seiner Überheblichkeit bewusst, sagte der Geschirrspülstadtrat. Wir sind der Grazer Stadtrat.

Wir haben Franziska zugunsten dieser Brüder verraten. Wo haben wir unsere Loyalität hingetan? Lieben wir denn die Autorität nicht mehr? Sie hat uns durch die Geschichte geführt wie eine liebende Mutter mit Knüppel. Autokratie entbindet uns der Verantwortung, wir können immer nach oben zeigen. Und der Oberste zeigt nach unten aufs Volk. Keiner ist schuldig, alle sind schuld. Die Schuld ballt sich, birst und verteilt sich gleichmäßig auf alle. So ist sie ertragbar. Das System ist vollkommen. Wozu es ändern? Das hält gewiss noch zwei bis drei Generationen lang, danach sind wir nicht mehr hier – wen juckt's?

Wird Franziska uns verzeihen können?, fragte der Gesundheitsstadtrat.

Das braucht sie gar nicht. Seien wir doch ehrlich. Sie ist nicht einmal gewählt, das Volk wollte einen Mann.

Du hast recht.

Einer unter uns wird übernehmen müssen. Ich wäre unter Umständen bereit, den Stadtrat zu leiten. Gegebenenfalls übernähme ich auch die Staatsführung, die Weltpräsidentschaft.

Ab in die Ecke!, sagte der Stadtrat für Telekommunikation und Milchkunde.

Der Geschirrspülstadtrat kroch geduckt in eine freie Ecke, kniete sich nieder.

Ich war ein böser Junge. Ich war ein böser Junge. Ich war …

***

Eine Rotte aus neunundfünfzig Frauen schlenderte durch die Straßen von Deutschlandsberg. Teils schnippten sie mit den Fingern, teils pfiffen sie. Schlichte Camouflage, garniert mit ein paar Zweigen, einem gelegentlichen Parasol sowie pittoresken Tannenzapfen, unterstrich die Beiläufigkeit ihres Hierseins. Eine äußerte sich in der Sprache der Ahnen, frei übersetzt:

Madam President ...

Die Angesprochene hielt einen Finger an die Lippen.

Marilyn Mangoo, sagte sie. Nicht das andere.

Madam Mangoo, sagte die unauffällige Passantin. Wir nähern uns dem Einsatzgebiet. Ich kann keine Menschenansammlung feststellen.

Das ist in Ordnung, unauffällige Passantin. Die Menschen hier sind ein eigener Schlag, sagt man. Nenne mich Marilyn, das ist weniger auffällig.

Okay, Marilyn.

Was fällt dir ein, mich so amikal anzusprechen.

Aber ich ...

Ich vergaß, verzeih.

Laut Plan ist es gleich um die nächste Ecke.

Zeig her, unauffällige Passantin.

Die beiden studierten einen digitalen Plan auf einem Tablet der Marke Samsung, der Tarnung halber, ein iPad hätte sie verraten können, im Gegensatz zu den amerikanischen Flaggen, die nachlässig ihre Ärmel zierten. Sie trafen auf Männer in Bahamashorts und Hawaiihemden, Strohhüte bedeckten deren rasierte Köpfe, von ihren Schultern baumelten unaufdringlich Armeewaffen.

Wo ist Clark Gobble?, fragte Präsidentin Marilyn einen der Strohhüte.

Wer?

Mingus.

Oh, der ist im Einsatz.

In diesem Moment schlenderte Mingus bzw. Clark Gobble um die Ecke, eine junge Dame im Arm.

Ich verstehe, sagte Marilyn. Er ist im Einsatz.

Mingus verabschiedete die Deutschlandsbergerin, kam auf die Präsidentin zu.

Wie heißt sie?, fragte Marilyn.

Mittwoch Nachmittag, sagte Mingus.

Wirst du mir irgendwann auch Donnerstag Vormittag vorstellen?

Sie ist schüchtern und verheiratet.

Marilyn räusperte sich, verschränkte die Arme.

Berichte: Wie ist der Stand der Dinge. Nein, halt! Du wirst mir hinter dem Busch dort Rede und Antwort stehen.

Nachdem Clark Gobble seinen detaillierten und aufrichtigen Bericht abgeliefert hatte, rauchten er und Marilyn Mangoo eine Zigarette.

Dein Bericht ist immer noch der ergiebigste und spannendste aller meiner Korrespondenten, sagte die Präsidentin.

Bishop soll auch gute Berichte liefern, hört man.

Bishop ist begabt, aber seine Berichte sind recht rustikal, es fehlt ihnen an Einfühlungsvermögen.

Was ist mit Carter?

Ernsthaft? Ha! Carter berichtet nicht einmal täglich, geschweige denn nach Wunsch. Er ist ein Emporkömmling.

Emporkommen ist doch gut.

Schon, aber man muss sich oben halten können, sonst sackt man ab.

Carter sackt ab?

Ich werde keine Berichte mehr von ihm fordern. CNN kann ihn haben. Würden mir nicht ab und an Studenten der Politikwissenschaften und Publizistik als Praktikanten überlassen, deren Potenzial für zukünftige Aufgaben ich überprüfen kann, ich wäre verloren, wenn du im Ausland bist. Aber genug davon. Sag, was ist hier los.

Nichts weiter. Das zweite Ei liegt hier herum. Wir warten auf den Engel.

Wer sind die dort? Marilyn zeigte auf Willi, Franziska und Günther, den Stadtrat für Alles-was-mit-Willi-zusammenhängt-oder-auch-nicht-Angelegenheiten, die eben das Ei inspizierten.

Das sind Willi, Franziska und Günther, Stadtrat für Alles-was-mit-Willi-zusammenhängt-oder-auch-nicht-Angelegenheiten.

Welcher ist Franziska.

Der mit dem Schnurrbart.

Was tun Willi, Franziska und Günther, Stadtrat für Alles-was-mit-Willi-zusammenhängt-oder-auch-nicht-Angelegenheiten dort?

Ich weiß nicht, was Willi, Franziska und Günther, Stadtrat für Alles-was-mit-Willi-zusammenhängt-oder-auch-nicht-Angelegenheiten dort tun, aber vermutlich begutachten sie das Ei wie wir.

Ich mag es nicht, wenn Willi, Franziska und Günther, Stadtrat für Alles-was-mit-Willi-zusammenhängt-oder-auch-nicht-Angelegenheiten das Ei begutachten.

Sollen wir sie erschießen?

Nein. Sykowsky berichtete, sie seien bedeutungslos geworden. Graz sei eine Räterepublik.

Eure Informationen sind nicht aktuell, Exzellenz. Wir haben einen Spion unter den Stadträten, der Verwirrung stiftet. Sie wissen nicht, welche Regierungsform sie tatsächlich anstreben.

Nenne mich nicht Exzellenz. Der russische Präsident hat die Räterepublik anerkannt. Er wird ärgerlich sein.

Das ist der doch immer. Wenn ich seine Frisur hätte, wäre ich auch immer ärgerlich.

Er hat eine Frisur?

Sagen wir, er hat Haare. Lassen wir das traurige Thema.

Du hast recht. Warum, denkst du, begutachten sie das Ei?

Sie könnten nach Verwandten der kleinen Lissi suchen.

Die laufen hier herum?

Sie werden erst geboren. Aus dem Ei.

Verstehe. Beobachte das weiter. Ich erwarte deinen Bericht heute Nacht.

Aye Sir, Madam Pre… Marilyn.

Die Präsidentin lief ein paar Schritte, drehte sich um, kam noch einmal auf Mingus zu.

Dieser Franziska, hat der nicht alle Tassen im Schrank?

Der hat nicht mal einen Schrank.

Was hältst du von den beiden anderen?

Über den Stadtrat für Alles-was-mit-Willi-zusammenhängt-oder-auch-nicht-Angelegenheiten weiß ich nicht viel. Es heißt, er war einst Wissenschaftsstadtrat.

Wann war einst?

Vor einigen Stunden.

Kann uns sein Wissen gefährlich werden?

Die Katze meiner Omi weiß mehr als er.

Und der andere?

Willi ist ein Spezialfall.

Inwiefern.

Er erinnert mich an Frank, meinen Cousin. Frank ist, was die Österreicher ein Weh nennen: ein unbedanktes Mädchen für alles, lösungsorientiert, fleißig, selbstlos.

Ein Idiot.

Ja. Idioten sind gefährlich. Aus irgendeinem Grund ist die Natur auf ihrer Seite. Sie scheinen zu verlieren, aber in Wahrheit gewinnen sie, weil sie es nicht anders wollen.

Müssen wir ihn beseitigen?

Unbedingt.

Schieß!

Ich gebe zu bedenken, wir befinden uns inmitten einer Stadt in Europa. Das könnte zu diplomatischen Verwicklungen führen.

Ich sehe keine Verwicklungen. Du erschießt ihn, sie buchten dich ein. Es war ein verrückter Einzeltäter. So, wie wir das immer machen.

Ein genialer Plan, Madam, bloß ... wer berichtet ihnen dann? Bishop? Carter?

Oh, ich verstehe. Erledige es so, wie du denkst. Ich suche einstweilen eine der Konditoreien auf, die dieses Bergvolk so berühmt gemacht haben.

Unweit des Ground Zero fanden die neunundfünfzig Damen ein Lokal, das diverse Mehlspeisen feilbot. Sie bestellten neunundfünfzig Torten und ebensoviele Kaffeesorten. Der Österreicher gab allem, was er mit seinem Kaffee anstellte, einen eigenen Namen. Selbst die Pfütze in der Untertasse hatte eine Adresse. Der Einspänner erregte Zweifel, weckte er doch Fantasien über Pferdeäpfel in Regenpfützen. Die Aufforderung: »Einen Verlängerten, bitte« konnte nur als ungehörige Aufforderung an die Kellnerin verstanden werden, etwas zur Unterhaltung männlicher Gäste beizutragen. Madam President überlegte, die moralisch einwandfreien Amerikanerinnen von diesem schrecklichen Ort wegzuführen, doch die Gaumenfreuden, die folgten, änderten ihre Pläne.

Die meisten Plätze der Konditorei wurden durch die neunundfünfzig unauffälligen Passantinnen belegt, doch an einzelnen Tischen saßen Einheimische. Bald stellte sich heraus, bei den Deutschlandsbergern handelte es sich um eine Bande von Pferdedieben. Das Beste, was sie über einen Menschen zu sagen wussten, war: Mit dem kann man Pferde stehlen. Im Land der Besucherinnen machte man mit solchen Unholden kurzen Prozess. Das Volk musste man im Auge behalten. Nach einer halben Stunde brachen die Gäste vom Tisch neben dem der Präsidentin auf. Ihre Plätze nahmen Willi, Franziska und Günther, Stadtrat für Alles-was-mit-Willi-zusammenhängt-oder-auch-nicht-Angelegenheiten ein.

Sieh an, sagte Franziska. Ein Lokal voller unauffälliger Frauen mit hübschen Zweigen und Pilzen im Haar. Hier gefällt es mir.

Genau so habe ich mir die typische Deutschlandsbergerin immer vorgestellt, sagte Willi. Was sagst du Günther.

Die Frau an und für sich, sagte Günther, konnte von Beginn der Menschheit an durch optische Gefälligkeit überzeugen. Insbesondere in den Augen des von Hormonen durchströmten Mannes vermochte und vermag sie, in übermäßiger Schönheit zu erstrahlen. Zu mit Zweigen, Pilzen und, wie ich besonders hervorheben möchte, Tannenzapfen geschmückten Frauen liegen mir keine Daten vor. Wenn ich meinen eigenen Eindruck wiedergeben darf: Ich finde sie scharf.

Seit du nicht mehr der Wissenschaftsstadtrat bist, sagte Franziska, hast du durchaus das Recht auf eine eigene Meinung. Was uns jedoch in Hinblick auf deine Eigenschaft als Stadtrat für Alles-was-mit-Willi-zusammenhängt-oder-auch-nicht-Angelegenheiten vornehmlich interessiert, ist, wie Willi dazu steht.

Ja, sagte Willi, das interessiert mich sehr.

Also Willi, sagte Günther, ist sich seiner Gefühle in diesem Fall nicht sicher. Einerseits liebt er die florale Natur, hier repräsentiert durch diverse Waldpflanzen, andererseits zieht er die Frau in ihrer unberührten Weiblichkeit vor. Im Laufe des Lebens hat er sich daran gewöhnt, den meisten Damen in bekleidetem Zustand gegenüberzutreten und dieselben in gleicher Beschaffenheit vorzufinden. Nun wird ihm die Kombination der beiden geliebten Wesenheiten zugemutet, was Unruhe in seine ohnehin schon gespaltene Beziehung zur Welt an sich bringt.

Danke, Günther, sagte Willi. Das war es, was ich wissen wollte.

Verlierer!, sagte Franziska zu Willi.

Verdammte Grüne, sagte Willi.

Lenke nicht ab. Was sagen die Damen dazu?

Franziska sprach den letzten Satz laut in den Raum. Die Präsidentin, auch bekannt als Marilyn Mangoo, ergriff das Wort, würgte es, dann sprach sie auch noch.

Im Namen der Anwesenden möchte ich mich offiziell der Stimme enthalten.

Günther, was meint sie damit?, fragte Franziska.

Die Enthaltsamkeit wird schon seit geraumer Zeit als Mittel der Reinigung und Sammlung vor allem in fernöstlichen Kulturen, aber auch in der unsrigen genutzt, sagte Günther. Was die Enthaltsamkeit in Zusammenhang mit der Stimme betrifft, so wird diese schon sehr viel länger geübt, besonders Fische zeichneten sich seit jeher durch außerordentliche Begabung in diesem Fach aus. Offen einbekannt wurde dieses Verhalten jedoch erst später, namentlich mit Aufkommen demokratischer Strukturen in Übersee.

Danke Günther. Ist dir klar, du wirst niemals Karriere machen? Du musst lernen, Fragen zu stellen. Nimm dir ein Beispiel an Willi, er hat keine Ahnung, deshalb stellt er Fragen, das wird ihn weit bringen, obwohl er ein Verlierer ist.

Mingus stürmte ins Lokal.

Alle de Entlejn, se shwimmen in de See, rief er. Stille Nackt, hejliche Nackt, de Kindlejn se kommen alle su de Krippe.

Die neunundfünfzig Frauen sprangen auf.

Folgt mir, sagte Marilyn Mangoo. Du auch, Clark Gobble.

Ich schließe mich meinen Geschlechtsgenossinnen an, sagte Franziska, lief ihnen hinterher. Günther erklärte dem alten Kellner, warum es neben dem Einspänner keinen Vierspänner gäbe. Der Angesprochene kündigte nach der gebotenen Erkenntnis sofort seinen Job und folgte Willi und Günther zum Ei.

***

In der Mitte des Sitzungssaales im Grazer Rathaus saßen die Stadträte um ein kleines Lagerfeuer. Sie warfen Dokumente in die Flammen und sangen Kumbaya, My Lord. Der Gesundheitsstadtrat kratzte sich am Hinterkopf.

Bist du sicher, fragte er, wenn wir alles verbrennen, sind wir die Demokratie los?

Ganz sicher, sagte der neue Stadtrat für Alles-was-es-zur-Räterepublik-zu-wissen-gibt-Dinge. Er hatte, um mit seiner Vergangenheit als Sockenstadtrat endgültig zu brechen, seine Socken ins Feuer geworfen. Die Demokratie ist analog. Digitale Information ist durch Hacker veränderbar, daher nicht zuverlässig. Der Urmeter wird in einem Tresor des internationalen Büros für Maße und Gewichte in Sèvres bei Paris aufbewahrt, nicht auf einem Googleserver.

Wir haben aber keinen Zugriff auf das Original des österreichischen Staatsvertrags, wagte der Stadtrat für Telekommunikation und Milchkunde einzuwenden.

Noch nicht, sagte der Wissenschaftsstadtrat. Alles zu seiner Zeit.

Der Rauch beißt in den Augen, sagte der Gesundheitsstadtrat.

Du solltest dir eine korrektere Ausdrucksweise angewöhnen, Gesundi, sagte der Stadtrat für Alles-was-es-zur-Räterepublik-zu-wissen-gibt-Dinge. Rauch beißt nicht. Im Übrigen hat man seiner Ideologie Opfer zu bringen.

Was ist meine Ideologie.

Das wissen wir noch nicht. Aber sie wird letztlich mit Ferraris und Stadtvillen zu tun haben.

Gott sei Dank, ich dachte schon …

Da hebt einer die Hand, sagte der Gesundheitsstadtrat, zeigte mit einem Finger in eine Ecke des Raumes.

Was willst du, Täufer?, fragte der Wissenschaftsstadtrat.

Ich hätte etwas zur Ideologie zu sagen. Ich will mich bestimmt nicht in eure Entscheidung einmischen, aber da wären einige Bedenken zu äußern.

Rede!

Ideologien haben die unangenehme Eigenschaft, in den Augen der Einzelnen wenig flexibel zu sein. Wird auch insgesamt ihr Rahmen meist bis zum Bersten gedehnt, meint doch jeder, seine Interpretation sei die einzig Richtige und wer das anders sieht, solle an den Genitalien aufgehängt und säuberlich vertikal filetiert werden. Nun ist das Filetieren eine gute alte Sitte, deren Gebrauch zu Unrecht aus der Mode kam, dennoch wird seinem Beitrag zur Verständigung unter den Menschen mehr Würdigung zugestanden, als mir opportun erscheint.

Worauf willst du hinaus, Täufer?

Hat jemand von euch schon einmal das wohlklingende Wort Diktatur vernommen?

War das nicht in der Schule?, fragte der Wissenschaftsstadtrat.

Das war das Diktat, berichtigte der Kulturstadtrat, der sich aus seiner Ecke wagte. Er meint bestimmt eine Art Taufschale oder einen Weihwasserverleih.

Weihwasser kann man leihen?, wunderte sich der Wirtschaftsstadtrat. Wie ökonomisch, so kann es wiederverwendet werden. Warum ist mir das nicht eingefallen. Die rentabelsten Ideen haben immer die Pfaff…

Ruhe!, rief der Täufer. Ich spreche vom autokratischen System.

Hatten wir uns nicht schon für Ferraris entschieden?, fragte der Gesundheitsstadtrat.

Absolutismus, schlug der Täufer vor, seine Brauen zuckten abwechselnd. Totalitarismus. Alles, was mit »ich bin der Boss« zu tun hat. Despotismus.

Eines noch!, riefen alle. Der Täufer schien angestrengt nachzudenken.

Tyrannei, sagte er.

Gilt nicht, sagte der Wirtschaftsstadtrat. Wir hatten schon eines mit »T«. Ein anderes.

Willkürherrschaft.

Das klingt zu sehr nach Willi, wandte der Geschirr-spülstadtrat ein. Auch er hatte mittlerweile seine Ecke verlassen. Willi darf nicht an die Herrschaft gelangen.

Zwangsherrschaft?

»Z« klingt so nach Ende, sagte der Stadtrat für Alles-was-es-zur-Räterepublik-zu-wissen-gibt-Dinge. Wir suchen nach einem Anfang.

Ich weiß nichts mehr, sagte der Täufer, trat mehrfach ins glimmende Lagerfeuer.

Für zwei Minuten herrschte Stille.

Sind wir jetzt wieder eine Räterepublik?, fragte schließlich der Gesundheitsstadtrat. Der Stadtrat für Alles-was-es-zur-Räterepublik-zu-wissen-gibt-Dinge gähnte.

Ich bin vor allem müde. Herrschen strengt an.

Man einigte sich auf zwanzig Minuten Anarchie, eh die Schreckensherrschaft fortgeführt würde.

Nach einem frischgestopften Afghanen auf dem Rathausbalkon kehrten die Räte in den Sitzungssaal zurück.

Unterstützt der russische Präsident die Räterepublik, weil er sie so gut findet?, fragte der Wirtschaftsstadtrat.

Das hat andere Gründe, sagte der Stadtrat für Alles-was-es-zur-Räterepublik-zu-wissen-gibt-Dinge. Er liebt Instabilität in anderen Ländern. Mit der Räterepublik hat er nichts am Hut, das war die alte Sowjetunion. Sowjet heißt Rat.

Was ist der Unterschied zur parlamentarischen Demokratie?

Das Gute ist, die Räte sind im Gegensatz zu den Abgeordneten ihren Wählern verpflichtet, es gibt kein freies Mandat. Sie können sofort abberufen werden, wenn sie nicht im Sinne ihrer Klientel handeln, nicht erst nach Jahren. Sie werden nicht von einer Partei entsandt, sondern sämtlich vom Volk gewählt.

Und die Nachteile?

Es gibt keine Gewaltenteilung, entsprechend weniger Kontrolle und damit Machtkonzentration. Machtkonzentration führt zwangsläufig zu Korruption.

Was sie unten richtig machen, vermasseln sie oben, sagte der Wirtschaftsstadtrat.

So könnte man das sehen. Aber auch die untere Ebene ist nicht so toll, wie das zuerst anmutet. Im pyramidenförmigen Rätesystem werden von Stufe zu Stufe Wählergruppen zusammengefasst, so Minderheiten fast völlig ausgeschlossen. Im Prinzip entscheiden immer dieselben Gruppen. Ein ähnliches Problem hat die direkte Demokratie der Schweiz. Die repräsentative Demokratie leidet ebenfalls daran.

Lässt sich da kein Ventil einbauen?, fragte der Kulturstadtrat.

Die Gefahr dabei ist, dass Minderheitenrechte wie Almosen vergeben werden. Ein Recht ist eine kitzelige Sache, es sollte nicht von irgendjemandes gutem Willen abhängen, sondern jederzeit einklagbar sein. Dazu braucht es die Gewaltenteilung.

Ist nicht in unserem bisherigen System das Minderheitenrecht auch ein Almosen? Letztlich entscheidet immer die Mehrheit, ob sie der Minderheit ein Recht zugesteht. Wie sollte Demokratie sonst funktionieren? Jeder könnte sich zur Minderheit erklären und seine eigenen Rechte einfordern. Verwalte das einmal.

Könnte man nicht die besten Seiten beider Systeme zusammenbringen?

Nein, Idiot.

Leute!, sagte der Stadtrat für Alles-was-es-zur-Räterepublik-zu-wissen-gibt-Dinge. Stop! Wenn wir erst mit Grundsatzdiskussionen anfangen, sitzen wir in zehn Jahren noch hier. Darüber haben schon zu viele Eierköpfe nachgedacht. Wir haben die Macht in einer Stadt ergriffen, wir haben eine Verantwortung.

Die hatten wir doch bisher auch und haben nichts getan. Warum sollte sich das ändern? Kakow hat die Räterepublik anerkannt, also sind wir eine Räterepublik. Vergesst den Rest. Was wir tatsächlich tun, ist doch Nebensache.

Also gibt es doch Ferraris?

Na klar.

Ich will einen Bugatti Chiron, sagte der Täufer.

Darüber stimmen wir ab. Bist du in der Minderheit, kriegst du einen Twingo.

Etwas an diesem System gefällt mir nicht, entgegnete der Täufer. Was ist es nur?

Was uns fehlt, ist eine gute Verfassung, sagte der Wirtschaftsstadtrat.

Ich fühle mich ausgezeichnet, erwiderte der Täufer.

Ich meine, wir müssen eine Konstitution aufbauen.

Sieh dir den Stadtrat für Telekommunikation und Milchkunde an: ein Bär von einem Mann.

Nein, wir müssen die Rechte festhalten.

Seine Rechte hält keiner fest, sieh dir die Muckis an.

Na gut. Also Räteanarchie.

Der Gesundheitsstadtrat hob die Hand.

Braucht die Anarchie Räte? Jeder weiß, wie er auf alle pfeifen kann. Der braucht keinen Rat.

Was sagt unser Wissenschaftsstadtrat dazu?

Das Pfeifen als solches, hob der Wissenschaftsstadtrat an, ist eine Kunst, die nur noch wenige beherrschen. Alle zusammen: Wir legen unsere Lippen aneinander. Nein, Gesundi, nur die eigenen. Küssen kommt später. Wir spitzen die Letztgenannten, als wollten wir ein »ü« formen. So ist es gut. Gesundi, denk an »Büste«. Du musst nicht erröten. Jetzt führen wir innerhalb der Mundhöhle die Zunge halbrund angespitzt …

Halbrund kann ich nichts anspitzen, sagte der Stadtrat für Alles-was-es-zur-Räterepublik-zu-wissen-gibt-Dinge. Das versuche ich schon ein Leben lang. Genauso wenig vermag ich, meinen eigenen Hintern zu küssen.

Dieses Problem ist mir auch nicht fremd, mischte sich der Stadtrat für Telekommunikation und Milchkunde ins Gespräch. Auch in den Stunden größter Sehnsucht ist er unerreichbar. Könnten wir alle unsere

Gedanken dazu austauschen? Kennt jemand eine Lösung?

Eine unmittelbare Lösung kann ich nicht anbieten, sagte der Kulturstadtrat. Einen Trost vielleicht. Wann immer ich mir die Unmöglichkeit dieses Unternehmens eingestehen muss, denke ich an die Menschen die nicht einmal die eigene Hand küssen können, weil ihr Arm nach einem Schiunfall in Gips gelegt wurde. Dabei hatten sie gar keine Schuld. Der andere, so ein Rowdy im orange-grünen Schianzug, schnitt ihre Kurve, kristelte vor ihnen ab. Was hätten sie tun sollen?

Das ist gemein, bestätigte der Gesundheitsstadtrat.

Kann es sein, dass wir den Faden verloren haben?, fragte der Geschirrspülstadtrat.

Wir hatten doch nie einen Faden, sagte der Täufer.

Alle suchen nach dem Faden!, rief der Wirtschaftsstadtrat, kroch auf dem Boden herum.

Wirti, steh auf! Wir müssen die Welt beherrschen, sagte der Geschirrspülstadtrat.

Ab in die Ecke!, riefen drei der Stadträte. Der Geschirrspülstadtrat nahm seine vertraute Haltung an der diagonalen Peripherie des Raumes wieder ein.

Eine halbe Stunde später waren alle Ecken des Sitzungssaales doppelt belegt, nur der Gesundheitsstadtrat stand in der Mitte und langweilte sich. Er hätte nur sagen müssen, er wolle die Welt regieren, und schon hätte er Gesellschaft gehabt. Doch manche lernten es eben nie. In dieses Szenario platzte Albert, der Stadtrat für ... ja, was eigentlich?

Albert, du hast kein Ressort, sagte der Gesundheitsstadtrat. Ich kann dich nicht in die heiligen Hallen lassen.

In der Kirche war ich schon. Was läuft? Spielt ihr stille Post?

Wir beraten.

Jetzt verstehe ich endlich, warum wir Räte genannt werden.

Willkommen in der Wirklichkeit Albert. Aber was viel wichtiger ist: Wie geht es den Haaren deiner Frau?

Aisha hat mich verlassen. Sie modelt jetzt für Videospielgrafiker. Keine hat Halos ums Haupt wie sie.

Da freust du dich bestimmt für sie.

Natürlich. Ich habe ihr auch gleich beim Wäschewaschen geholfen. Das treibt jetzt alles in der Mur Richtung Schwarzes Meer. Ahoi!

Wir haben mittlerweile die Unmöglichkeit gewisser anatomischer Verwicklungen besprochen.

Das rektale Zungenkussproblem?

Ich sehe, du bist mit der Materie vertraut. Was rätst du uns, Stadtrat.

Es gibt Dinge im Leben eines Mannes, die muss er an einem stillen Ort entscheiden, für sich, die Seinen und das Vaterland.

Wahre Worte, Albert. Wer dafür ist, Albert zum Philosophiestadtrat zu erklären, hebe die Hand.

In allen Ecken des Saales streckten sich Hände in die Höhe. Nur der Geschirrspülstadtrat schmollte noch.

Macht doch was ihr wollt. Ich spiele nicht mehr mit. Ich gründe meine eigene Bande, die ist viel stärker als eure. Das habt ihr jetzt davon. Er zeigte den Kollegen eine lange Nase.

Wir verlieren die ersten Kameraden, stellte der Kulturstadtrat fest. Jeder Beginn fordert Opfer.

Jedem Anfang wohnt ein Ende inne, oder wie das heißt, erinnerte sich irgendwer.

Wie stehen wir zum Problem der Müllabfuhr?, fragte der Gesundheitsstadtrat.

Wir sind dafür, entgegnete der Kulturstadtrat. Die Gehsteige sollten mit Lavendelschmierseife eingelassen werden.

Ei, rutschen!, freute sich Albert, der Philosophiestadtrat.

Ich mag keinen Lavendel, sagte der Wirtschaftsstadtrat.

Die Wirtschaft stellt sich wieder gegen die schönen Dinge, stellte der Stadtrat für Telekommunikation und Milchkunde fest.

Ich votiere für Veilchenduft, sagte Stadtrat für Alles-was-es-zur-Räterepublik-zu-wissen-gibt-Dinge.

Ihr Sissis!, warf der Täufer in die Runde. Workoutschweiß oder Pferdedung sind Düfte für richtige Männer.

Endlich wird hier konkret über Probleme gesprochen, freute sich der Kulturstadtrat. Wir werden zu diesem Thema eine Plenarsitzung einberufen. Wir laden Gutachter und Sachverständige. Eventuell beziehen wir das Volk in die Entscheidung ein.

Halt!, rief der Täufer. Res Publika heißt zwar Sache des Volkes, damit war aber nicht gemeint, die sollten mitreden. Erwin, was sagst du?

Die Sache wird häufig mit dem Ding verwechselt, sagte der neue Wissenschaftsstadtrat. Letzteres ist von physischer Präsenz erfüllt, wir können es angreifen, drücken, kitzeln …

So weit haben wir verstanden, sagte der Kulturstadtrat. Weiter!

Die Sache hingegen ist nicht von dieser Welt, sie wird in den Raum gestellt, wo man sie völlig aus der Luft greifen kann. Sachen gibt's, ich sag euch … egal, also: Das Hauptproblem sind die Spielsachen, die eigentlich Dinge sind. Schuld sind die Kinder, die zu dumm waren, den Unterschied zu verstehen. Hier stehen wir nun mit diesem Paradoxon.

Was kann man dagegen tun?

Paradoxa sind nicht lösbar, man kann sie nur akzeptieren und ein Bier trinken.

Endlich erwähnt einer das Bier, freute sich der Gesundheitsstadtrat.

Später, Gesundi, sagte der Kulturstadtrat. Erwin erklärt uns gerade, warum die Sache des Volkes das Volk nichts angeht.

Es ist so: Da die Sache nicht greifbar ist, kann sie natürlich auch nicht begreifbar sein. Was man nicht begreifen kann, versteht man nicht. Was man nicht versteht, geht einen nichts an. Es ist nicht bekannt genug, warum das so ist, es wird oft nur so dahingesagt.

Wie wahr, sagte der Kulturstadtrat. Erkläre es uns.

Habt ihr euch schon einmal gefragt, warum wir sagen, die Sache ginge uns an? Was gehen will, muss erst stehen können. Nun verstehst du sie aber nicht, sie kann also nicht stehen, wie in aller Welt sollte sie gehen, erst recht dich angehen können?

Der Stadtrat für Geburten und Straßenbau hatte während der ganzen Zeit seinen Beobachterstatus ausgeübt. Nun hob er die rechte Hand. Alle sahen ihn an.

Ihr seid doch alle blöd, sagte er, steckte den Daumen in den Mund, nahm seine Aktentasche und lief aus dem Saal. Der Geschirrspülstadtrat kam aus seiner Ecke, sah jedem der Räte in die Augen, lief danach hinter dem Stadtrat für Geburten und Straßenbau her.

Die Reihen lichten sich, sagte der Täufer.

Kein Grund zu verzweifeln, beruhigte Erwin.

Doch, sagte Albert. Der Zweifel ist die Grundlage allen Denkens. Es gibt immer Grund zu zweifeln und zu verzweifeln.

Erkläre uns den Zusammenhang, Philosophiestadtrat.

Die Vorsilbe »ver-« hat in unserer Sprache die Aufgabe, die Steigerung bis ins Extrem darzustellen. Wickelst du wie verrückt, wird es verwickelt; verrückt selbst heißt völlig entrückt. Ist die Narbe geschlossen, bist du vernarbt …

Was ist mit der Vernunft?, warf der Gesundheitsstadtrat ein.

Hier ist »ver-« keine Vorsilbe, sondern Teil des Stammes, der sich aus dem Vernehmen entwickelt hat.

Was ist mit Schloss Versailles?

Halt's Maul, Gesundi, sagte der Kulturstadtrat.

Im Verzweifeln, fuhr Albert, der Philosophiestadtrat, fort, finden wir die Kumulierung alles Zweifelns. Man könnte sagen, wer nicht verzweifelt, ist ein Idiot.

Ich verzweifle regelmäßig, tat sich der Wirtschaftsstadtrat hervor.

So verzweifelt wie du bin ich schon lange, sagte der Stadtrat für Telekommunikation und Milchkunde.

Keiner ist so verzweifelt wie ich, schloss der Stadtrat für Alles-was-es-zur-Räterepublik-zu-wissen-gibt-Dinge.

Lasst uns gemeinsam zweifeln, schlug der Stadtrat für Telekommunikation und Milchkunde vor. Dann werden wir ja sehen, wer der Verzweifeltste ist.

Das halte ich für keine gute Idee, sagte der Wirtschaftsstadtrat.

Du hast doch bloß Schiss, weil du nicht verzweifelt genug bist.

Das lasse ich mir nicht nachsagen.

Sie schoben die Konferenztische wieder ins Zentrum des Raumes und zweifelten, bis die Köpfe rauchten. Stille breitete sich aus, wenn Stille sich ausbreiten konnte – dazu hätte der Wissenschaftsstadtrat sicher einiges zu erzählen gehabt, doch der war gerade am

Zweifeln. Nach sieben Minuten hob der Gesundheitsstadtrat das Haupt.

So verzweifelt war ich noch nie, sagte er.

Streber!, sagte der Täufer.

***

In jenen Tagen wurde Graz von zwei Übeln heimgesucht.

Zuerst ging der Vorrat an Heuschrecken zu Ende. Die psychiatrischen Praxen wurden überlaufen, Therapiezentren öffneten, schlossen gleich wieder, weil die Mitarbeiter selbst zu Patienten wurden. Der Entzug quälte mehr als die Hälfte der Bevölkerung, besonders die Jugend war betroffen. Graz war eine Schul- und Universitätsstadt, Erwachsene sah man auf der Straße nur, wenn eine Dad-Rockband in der Stadthalle konzertierte. Nun herrschte eine gespenstische Stimmung in den Straßen, Menschen von sage und schreibe über dreißig Jahren – und es handelte sich nicht um spätberufene Studenten – krochen in den Abendstunden über Plätze, Schatten von Personen mit Rollatoren und Krückstöcken huschten über den Asphalt. Ansonsten waren Staub und Wind die einzigen Besucher der Stadt. Es war innerhalb weniger Tage geschehen. Dido von Woanders, ein Straßenmusiker mit Blockflöte erschrak bass, als sich tausende junge Menschen um ihn sammelten, überzeugt, er sei es, der sie aus der Stadt an einen gesegneten Ort mit Heuschrecken im Übermaß führen würde. Nun schickte es sich derart, dass der Musikus seine Omi in Fürstenfeld besuchen wollte. Die Grazer Jugend folgte ihm – erfüllt mit der Zuversicht der Unschuld – in die Fremde. Niemand konnte sagen, was sie in Fürstenfeld erwarten würde. Gerüchte sprachen von eigensinnigen Wilden, ähnlich jenen in Deutschlandsberg, wenn auch deutlich weniger gut ausgestattet mit giftigem Gebräu. Wo waren die Zeiten hin, fragte sich der Stadtrat für Geburten und Straßenbau, als die Jugend ins freundliche Goa gezogen war, Krishna im Herzen und Marihuana in den Synapsen ihrer gelehrigen Hirne. Früher war doch alles besser. Der Rat, der niemanden mehr zu beraten hatte, zog durch die Straßen, verloren, ungewollt. Ja, er dachte sogar darüber nach, seinen Titel abzugeben, zum begabten Laien für Geburten und Straßenbau zu werden. Wie ein Schwert strich es sein Herz. Nein, er konnte es nicht. Der Pensionsanspruch begabter Laien hinkte dem von Stadträten weit hinterher. Auch hatte er in der Sitzung seiner Kollegen etwas über Ferraris verlauten gehört. Die italienische Wirtschaft lag ihm an Herzen, weshalb er bereits vorwiegend Mode aus Mailand trug.

Als kleines Abschiedsgeschenk hatten die Jugendlichen das Rathaus in Brand gesteckt. Brand war womöglich nicht der passende Begriff, sie hatten einige Molotowcocktails durch die unteren Fenster geworfen. Ein Vorhang fing Feuer, und ein herumliegender erkalteter Leberkäse wurde wieder zum heißen Leberkäse, den sich der Grüne Stadtrat schmecken ließ. Der Brandverantwortliche spuckte auf das Inferno und beendete es damit. Die amerikanische Regierung sandte ein Beileidsschreiben, hatte man doch dort vor Jahren den Volkssturm auf den Kongress erlebt. Erinnerungen wurden lebendig. Der Täufer sah seine Chance, er erbat je einen Fluchtferrari für sich und die Stadträte. Hier jedoch endete das Mitgefühl der Brüder aus Übersee.

Auf den Straßenbahnschienen fand der Stadtrat für Geburten und Straßenbau den Kopf der Erzherzog Johann Statue vom Hauptplatzbrunnen. Er wusste sogleich, was es damit auf sich hatte. Dies war das zweite Übel, das die Stadt heimsuchte, es zeigte sich im Verhalten Lissis. Willi und seine Kumpane hatten die Kleine achtlos zurückgelassen, worauf diese mit wenig Verständnis reagierte. Sie wütete im ganzen Stadtgebiet, sagte den Tauben, sie würden alle sterben. Diese gurrten nachlässig, nickten eifrig. Die Taube war ein verständiges Tier. Egal ob Turtel-, Ringel- oder Hohltaube, die Tiere nickten unentwegt. Manch einer mochte sie als Jasager ablehnen, als rückgratlos bezeichnen, doch die beistimmende Geste belastete das Rückgrat weit stärker als die einfache Drehung des Kopfes beim entgegengesetzten Manöver. Wer seine eigene Wirbelsäule gar zu stolz in den Vordergrund zu spielen suchte, sollte erst einmal versuchen, den ganzen Tag Körner vom Boden zu picken. Brigitte Bardot tat für ihre Figur Ähnliches mit Erbsen, fiel dem Stadtrat für Geburten und Straßenbau ein. Er vermochte sich nicht einen Vogelexperten zu schimpfen, doch der diskriminierende Umgang mit den unterschiedlichen Taubenspezies stieß ihm sauer auf. Wurde die kleinere Art als Friedenstaube und Symbol des Heiligen Geistes verehrt, so stellte man den größeren Arten mit Gift und Fallen nach. War man der Tatsache gewahr, die Letzteren erreichten Fluggeschwindigkeiten von über hundertvierzig Kilometern in der Stunde, während ihre heiligen Familienmitglieder sich mit weniger als neunzig Stundenkilometern begnügen mussten, blieb einem nur ein mitleidiges Lächeln für die Turteltäubchen. Womöglich war es das Mitleid, das den Menschen für sie einnahm. Egal. Glaubte man Lissi, würden sie alle sterben, womit die Gleichheit wiederhergestellt würde. Der Stadtrat für Geburten und Straßenbau bemerkte, Lissi sprach den dystopischen Satz mit ähnlicher Regelmäßigkeit, wie ein Hahn krähte. Bei dieser Gelegenheit wunderte er sich, warum nicht der Krähe, sondern dem Hahn das Krähen vorbehalten war. Es war eine ungerechte Welt, so oder so. Könnte es sein, so fragte sich der Stadtrat, dass Lissi dem Tierreich zuzuordnen war? Nun gehörte natürlich auch der Mensch dem Tierreich an, so sehr dies eitle Idioten als für sich zu niedrig ablehnten. Bei Engeln neigte man traditionell dazu, eine höhere Herkunft vorauszusetzen. War das akkurat? Und überhaupt: Machte dich ein Paar Flügel an den Schulterblättern schon zum Engel? Sprach Lissi nicht viel mehr zu ihren Familienmitgliedern, wenn sie die Tauben bedrohte? Eine seltene Taubenart, Schimäre aus weiß Gott

Marlene Dietrich und einem Kranich, Elisabeth Flickenschild und einer Hummel, eine Mutation mochte sie sein, aus Tschernobyl frisch eingeflogen. Der Stadtrat für Geburten und Straßenbau, entfremdet von seinen Kollegen im Rathaus, senkte sein Haupt und schritt die Herrengasse entlang. Ein dumpfer Schlag auf den Hinterkopf riss ihn aus seinen Gedanken. Er fasste in seinen Nacken, bekam eine schleimige Masse zu fassen. Sie stank. Er richtete den Blick zum Himmel. Dort flatterte Lissi mit halb eingezogenen Flügeln, hielt sich so über ihm.

Ihr werdet alle sterben, rief sie.

Ist ja gut, gab der Stadtrat für Geburten und Straßenbau zurück. Aber es ist nicht nett, anderen auf den Kopf zu kacken. Das tut man einfach nicht. Schäm dich! Haben dir das deine Eltern nicht ... Der Stadtrat stockte. Sie konnte nicht wissen, was Eltern waren. Mit einem Mal wurde er der ganzen Tragik ihrer Situation gewahr: Egal, ob Kind, Vogeljunges oder Babyalien – sie hatte niemanden auf dieser Welt. Niemand fütterte sie, lehrte sie die überlebenswichtigen Dinge, niemand gab Geborgenheit und Liebe. Er kam zur Überzeugung, er müsste sie mit einer Schrotflinte vom Himmel holen, dann wären alle glücklicher. Lissi gab ihm noch einmal zu bedenken, alle müssten sterben, flog sodann in Richtung Jakominiplatz davon.

In der Gleisdorfer Gasse holte der Geschirrspülstadtrat den Stadtrat für Geburten und Straßenbau ein.

Er klopfte dem Kollegen auf den Rücken, schnupperte danach an seiner Hand.

Du Schwein! Was hast du gemacht?

Denkst du, ich hab mir selbst ins Genick gekackt?, fragte der Angesprochene.

Einem Stadtrat, der Geburten und Straßenbau zu vereinen vermag, traue ich alles zu.

Hast du dir einmal überlegt, wie die Frauen in die Kreißsäle kämen, führten keine Straßen hin? Der Storch wird das Geschäft nicht erledigen können.

Der hat sein Geschäft auf deinem Hinterkopf erledigt.

Es war Lissi.

Hm! Sie macht dich an.

Denkst du wirklich?

In jeder Hinsicht.

Ich bin gewiss nicht ihr Typ.

Dein Hinterkopf war ganz ihr Typ.

Du machst mich verlegen.

Sprich mit ihr über deine Gefühle.

Ich hab' doch gar keine.

Egal. Du musst sie ablenken. Ich hole eine Hellebarde aus dem Zeughaus.

Die nächstbeste Waffe, was?

Ja. Ich kann in fünf, nein, zehn Minuten zurück sein.

Eine Hellebarde kannst du nicht einmal werfen. Du wirst schwerlich eine noch ineffizientere Waffe gegen ein geflügeltes Wesen auftreiben als diese.

Ich bin zumindest bereit, den Kampf gegen die Entfesselte aufzunehmen.

Wir müssen planmäßig vorgehen. Begreift sie erst, wir jagen sie, dreht sie den Spieß um. Dann gnade uns dieser oder jener. Schläue ist gefragt.

Wer könnte schlauer sein als ein Grazer Stadtrat?

***

Willi erreichte zusammen mit Franziska, Günther, dem Stadtrat für Alles-was-mit-Willi-zusammenhängt-oder-auch-nicht-Angelegenheiten, dem alten Kellner aus der Konditorei (Franziska versprach ihm unterwegs einen Stadtratsposten, wenn sich die Dinge normalisieren würden) und den bewaldeten Deutschlandsbergerinnen den Parkplatz, auf dem das Ei lag. Über dem Gebilde kreisten vier Helikopter.

Von Frau zu Frau, sagte Franziska zu einer der Damen um Marilyn Mangoo. Vielleicht können Sie als Deutschlandsbergerin mir weiterhelfen. Bewegen sich Amerikaner nur per Hubschrauber fort?

Was denkt ihr, warum wir eure Lissi haben wollen, sagte die Frau in einwandfreiem Deutsch (gut, Einwände kann man immer haben, das ist eine Frage des Temperaments. Was will man von einer Deutschlandsbergerin unter Tannenzweigen erwarten?). Wir würden uns viele Umstände ersparen, sagte sie, wenn wir uns nach Verlassen des Hauses sofort in die Lüfte erheben könnten. Im Übrigen sind Sie keine Frau.

Lassen Sie das unser kleines Geheimnis sein, sagte Franziska. Alle halten mich für eine hübsche Frau, tatsächlich bin ich nur ein attraktiver Mann. Sie identifizierten sich mit den Amerikanern, fiel mir auf.

Das täuscht, sagte die Frau. Sie zeigte eine erschrockene Miene, wandte sich schnell ab.

Du weißt, du bist ein Mann?, fragte Willi.

Unsinn, sagte Franziska. Ich habe die Deutschlandsbergerin hinters Licht geführt. Wie kannst du an meiner Weiblichkeit zweifeln? Tarnen-und-Täuschen ist die Devise. Nicht umsonst bin ich Bürgermeisterin, nicht du.

Du spielst deine Rolle so perfekt, um ein Haar hätte ich angenommen …

Dummerchen.

Von den Helikoptern hingen schwere Ketten bis zum Boden hinab. Mingus' Mannen wickelten sie um das Ei, spannten zusätzliche Ketten zwischen ihnen, sodass ein Netz entstand.

Was tun die da?, fragte der alte Kellner.

Ich vermute, sie versuchen, das Ei winterfest zu machen, sagte Willi.

Wie umsichtig.

Die Ketten knarrten. Mit einem Ruck hob das Ei vom Boden ab. Die großen Transporthelikopter mühten sich, ausreichenden Abstand zu halten, sich nicht mit den Rotorblättern zu verheddern. Die Ketten spannten sich. Das Ei schwebte bereits zwanzig Meter über dem Parkplatz. Ein lautes Klickgeräusch – zwei der Ketten barsten. Das Ei knallte auf den Asphalt.

Frouhe de Wejnackten, rief Mingus. Katzeklo mackte de Katze frouh. De Messer, de Gabel, de Shea ound de Lickt, isse nickt vour de Kinder.

Die Eierschale zersprang in tausenddreihundertundsiebzehn bis -achtzehn Stücke (Willi war ein guter Zähler, hier geriet er an seine Grenzen). Ein blauer Blitz zuckte, zugleich stäubte ein rotes Pulver in alle Richtungen. Ein kleines Mädchen mit einem Pferdefuß, einer Art Kuhschwanz und niedlichen kleinen Hörnchen auf der Stirn stand inmitten des Geschehens.

Ich bin die kleine Lotti, sagte sie. Ihr werdet alle sterben.

Ist sie nicht süß!, sagte Präsidentin Twinklestar vulgo Marilyn Mangoo.

Das ist die andere auch, sagte Willi. Sie insistiert auf derselben fixen Idee. Ich will ihr gar nicht widersprechen. Wir werden alle irgendwann sterben. Was mich etwas betroffen macht, ist die überhaltene Konsistenz in ihrer Ausdrucksweise. Man möchte fast annehmen, sie erführe eine gewisse Befriedigung aus der Vorstellung unseres Dahinsiechens. Allerdings gestehe ich ein, diesem Mädchen mit den entzückenden Hörnchen entspricht die morbide Präambel eher als der Geflügelten.

Wovon spricht der Mann?, fragte Marilyn Mangoo. Ich verstehe nur Julius Cesar.

Mingus, der die Bergungsaktion geleitet hatte, stand nun wieder neben seiner Präsidentin, er übersetzte.

I am from Austria, sagte er. I wijl nur shifoan. Nejn ound de nejnzig Luftballons auf de Weg su de Horisont.

Warum sprichst du immer so seltsam, sobald jemand in der Nähe ist – diese Küchenweisheiten.

Tarnen und täuschen aus dem Handbuch für Spione, flüsterte Mingus.

Verstehe, sagte Marilyn laut. Die Kleinen nerven.

Ja, sagte Willi, glücklich in Mingus einen kompetenten Dolmetscher gefunden zu haben. Nicht jeder sprach Deutschlandsbergisch und Grazisch.

Das Projekt ist missglückt, sagte Marilyn Mangoo zu Mingus. Sag den Helikopterpiloten, sie können heimfliegen.

Aye, Sir Madam President.

Wieso nennt er Sie Madam President?, fragte Franziska.

Das ist so eine Sache zwischen uns, antwortete Präsidentin Twinklestar.

Willi, sagte Franziska, ab heute wirst du mich auch so nennen.

Ei, Herr Frau Präsident.

Weißt du was? – Vergiss es.

Ein ohrenbetäubendes Quietschen unterbrach ihr Gespräch. Lotti hatte sich entschlossen, die Gesellschaft zu verlassen, indem sie einen Kopfsprung in den Asphalt vollführte, diesen mit ihren Hörnern aufschlitzte und alsbald im Erdreich verschwand. Danach spürte Willi unter sich eine Vibration im Boden, die sich in Richtung Hauptplatz ausbreitete.

Sie ist vor Scham in den Boden versunken, sagte der Kellner.

Wofür sollte sie sich schämen?, wollte eine der getarnten Damen wissen.

Sie hatte keine Flügel.

Dafür hatte sie Hörner.

Was deutlich weniger attraktiv ist, wenn ich das so sagen darf.

Dürfen Sie nicht. Sie hatte auch einen Schwanz.

Den habe ich au… na gut, Sie haben recht. Plötzlich erscheint sie mir sehr anmutig.

Deutschlandsberg hat nun mit Graz gleichgezogen, sagte Franziska. Das Gleichgewicht des Schreckens ist wiederhergestellt.

Wann hat sich zum letzten Mal ein Deutschlandsberger vor einem Grazer erschrocken?, fragte Willi. Franziska gab die Frage an den Stadtrat für Alles-was-mit-Willi-zusammenhängt-oder-auch-nicht-Angelegenheiten weiter.

Es wird erzählt, sagte dieser, unter der Ägide des Präsidenten Jonas in den frühen Siebzigerjahren des letzten Jahrhunderts im letzten Jahrtausend soll ein Torfstecher mit Namen August seinen Weg von Deutschlandsberg nach Graz per Pferdewagen angetreten haben, sein Handelsgut bei den Feinden feilzubieten. Zwischen dem Lendplatz und dem Volksgarten folgte ihm der unverdächtige zweiunddreißigjährige Grazer Adam Evanger. Auf etwa halber Strecke entschloss sich Letzterer ein ansatzloses »Huh!« von sich zu geben, wonach der Torfstecher zusammenzuckte, sich umdrehte und dem Grazer eine Kopfnuss verpasste.

Ein historischer Moment, sagte Franziska. Ein Held unserer schönen Stadt, ein Veteran mit einer Kopfwunde – Willi, lass mich nicht vergessen, eine Gasse nach ihm zu benennen, wenn ich wieder in Amt und Würden bin.

Marilyn Mangoo hatte mittlerweile ein Telefongespräch geführt. Sie winkte Mingus zu sich. Willi folgte diesem. Die Frau benutzte die Sprache der Ahnen.

Sykowsky hat sich gemeldet, sagte Marilyn. In Washington, D. C. wurde ein Riesenei gefunden. Es liegt vor dem Washington Monument. Wir bauen unsere Zelte ab.

Traute Hejm, Gluck allejn.

Niemand beobachtet uns, sagte Marilyn. Warum sprichst du so seltsam?

Mingus zeigte mit dem Kinn in Richtung Willi.

Oh!, sagte sie. Wir brechen auf. Pack deine Sachen zusammen, die Air Force One ist unterwegs zum Flughafen Thalerhof.

Sie winkte ihren Damen. Die Tannenreisigeinheit zog ab.

Was hast du mit der Air Force One zu tun?, fragte Willi Mingus.

De Spatz in de Hand isse besser als de Taube auf de Dack. Stejramen san very good. De klane Bejsl in unsere Strasn.

Wenn das so ist, dann muss es wohl so sein. Mach mir keinen Unsinn in Amerika und sei gut zu dem Wesen, das aus eurem Ei schlüpft.

Es wiad a Wejn sejn, und mia wean nimma sejn. Dankeschän, se warn besaubernd. Guten Abend, de Madln. Seavas, de Buam.

Bald war der Platz geräumt. Nur die Grazer und der alte Kellner standen noch herum. Willi bückte sich nach einer Scherbe der Eierschale. Er wandte sich seinen Freunden zu.

Hat jemand das Zeug untersuchen lassen?, fragte er.

Gewiss, sagte Franziska.

Wer?

Der Zuständige natürlich.

Wer war zuständig?

Muss ich alles wissen?

Also hat es niemand getan.

Der Amerikaner wird es untersucht haben, sagte der Stadtrat für Alles-was-mit-Willi-zusammenhängt-oder-auch-nicht-Angelegenheiten. Die Yankees sind gründlich.

Welcher Amerikaner?

Na der, mit dem du vorhin gesprochen hast.

Du irrst dich. Mingus ist ein typischer Deutschlandsberger.

Hast du nicht bemerkt, er war viel zu schön, ein Mitteleuropäer zu sein?

Glaub mir, ich habe mich damit intensiv auseinandergesetzt. Er ist Deutschlandsberger reinsten Wassers.

Na gut. Wenn du es sagst...

Was erhoffst du dir von der Scherbe?, wollte der Kellner von Willi wissen. Analysierst du auch dein Frühstücksei?

Willi nahm die Finger einer Hand zu Hilfe.

Dreiundneunzig Prozent Kalziumkarbonat; eins Komma eins Prozent Magnesiumphosphat; eins Komma null Prozent Kalziumphosphat; eins Komma sechs Prozent Wasser; drei Komma drei Prozent Eiweißstoffe; Spuren von Fett.

Jeder hat seinen Fetisch, bemerkte der Stadtrat für Alles-was-mit-Willi-zusammenhängt-oder-auch-nicht-Angelegenheiten.

Du müsstest eigentlich darüber Bescheid wissen, stellte Franziska fest.

Ich bin erst seit einem Tag Stadtrat für Alles-was-mit-Willi-zusammenhängt-oder-auch-nicht-Angelegenheiten. In der Probezeit stehen mir drei Wissenslücken zu.

Wann habe ich diese Regelung approbiert?

Jetzt.

Oh. Gut.

Ich nehme den Splitter mit nach Hause, sagte Willi. Meinen Chemiebaukasten habe ich lange nicht eingesetzt.

Du hattest sicher eine Eins in Wie-werde-ich-zum-Streber-Kunde, sagte der Kellner. Franziska neigte sich dem Gastronomieangestellten zu.

Er war Schulsprecher, flüsterte sie.

Alles klar.

Drei Mitleidsblicke trafen Willi. Willi schämte sich. Willi schämte sich sehr. Gott, was schämte sich Willi. Niemals wieder sollte sich jemand so sehr schämen wie Willi. Scham = Willi.

***

Niemand wusste zu Beginn, woher der Befehl kam. Es ging das Gerücht, das Militär hätte ohne Order gehandelt, die politische Unsicherheit genutzt, eine Militärdiktatur zu errichten. Es fand jedoch kein Coup statt, auch kein Staatsstreich, nicht einmal ein Staatsstreicheln, obschon Letzteres ein probates Mittel der besseren Verständigung unter den Bürgern dargestellt hätte. Warum eigentlich, so fragte sich Albert, weigerte sich die Räteregierung, einen Staatsstreicheltag einzuführen. Sein Vorschlag wurde einstimmig abgelehnt. Die eine Stimme war der Täufer. Das Prinzip der Einstimmigkeit erwies sich hinderlich für die Durchsetzung jedweden Ansinnens. Albert würde bei der nächsten Abstimmung gegen seinen eigenen Antrag stimmen, so wäre die Einstimmigkeit durchbrochen, zwei Gegenstimmen kämen einer Bestätigung gleich. Unabhängig

davon hatte das Militär die Grenzen Österreichs gesperrt, Flugplätze geschlossen, den Bodensee trocken-
gelegt. Keiner vermochte, aus- oder einzureisen. Eine
Ratssitzung sollte Klarheit schaffen. Sie nannten sich
nicht mehr Stadträte, sie waren nur noch Räte. Der
Täufer behauptete, das bedeute eine Promotion. Albert
bemerkte, sein Titel wurde um fünf Buchstaben ge-
kürzt, das konnte nur eine Degradierung sein.

Der Rat tagte im Plenarsaal. Das war ungewöhnlich.
Beim Eintritt registrierte Albert, seines Zeichens Philo-
sophierat, an den Ein- und Ausgängen standen Polizisten. Hinter einem Podium stand eine Person, die Albert
bekannt vorkam. Er konnte ihn nicht zuordnen. Womöglich trat er in der Fernsehwerbung auf – reiner Po:
Waterloo – oder so, vielleicht auch in einer Sitcom. Die
übrigen Räte saßen bereits in den Reihen. Sie wirkten
verloren im großen Saal, als müssten sie nachsitzen,
weil sie beim Schummeln ertappt wurden. So weit her-
geholt war das gar nicht. Albert setzte sich zum Wissenschaftsrat, Erwin. Der Mann am Podium suchte in
seinen Unterlagen herum, hüstelte, klopfte aufs Mikrofon.

Test, Test, Test.

Wir schreiben einen Test?, fragte Albert seinen Sitz-
nachbarn.

Ach Albert, sagte Erwin. Wer hat dich zum Philoso-
phierat gemacht?

Ihr.

Mea culpa. Mea maxima culpa.

Ich verstehe kein Schweizerdeutsch.

Ich weiß, Albert, ich weiß.

Wer ist der Mann da draußen?

Ich habe keine Ahnung, sein Blick hat etwas Diabolisches. Mein Großonkel sah mich auch immer so an. Man fand ihn mit einem breiten Lächeln im Gesicht, es war das erste und letzte Lächeln seines Lebens.

Der Mann hinter dem Mikrofon räusperte sich. Er wies mit einer Handbewegung die Polizisten an, die Türen zu schließen.

Räterepublik, sagte er. Es donnerte durch den Saal wie ein Unwetter. Was dachtet ihr euch dabei, sagte er, mit diesem Begriff Schindluder zu treiben.

Ich treibe es mit keinem Luder, flüsterte Albert Erwin zu, das verbitte ich mir.

Halte einfach den Mund, antwortete der.

Ihr seid nicht einmal vom Volk gewählt, fügte der Redner hinzu. Ihr seid ein Rudel Parasiten, die sich den Hintern wundsitzen, aber nichts zuwegebringen.

Ich muss schon sehr..., ereiferte sich der Gesundheitsrat. Er schnellte von seinem Sitz hoch.

Setzen sie sich, sagte der Redner. Ich habe in Wahrheit nichts an eurem Verhalten auszusetzen, es kommt mir gelegen.

Was soll das hier?, fragte der Rat für Telekommunikation und Milchkunde. Man hat mich hierhergeleitet, um mir diese Anwürfe anzuhören.

Halt den Mund, sagte der Kulturrat. Er erhob sich, richtete sich an den Mann hinter dem Pult. Vielleicht sollten Sie sich vorstellen, da unsere Kollegen offenbar nicht einmal die Nachrichten verfolgen.

Womöglich wäre das hilfreich, gestand der Mann ein. Mein Name ist Kakow.

Ein Raunen ging durch die Reihe der Räte. Albert raunte mit, wusste er auch nicht, worum es ging. Man wollte doch dazugehören, nicht ungut auffallen, Solidarität zeigen. Erwin erriet Alberts Geisteszustand.

Er ist der russische Präsident, sagte er.

Ist der nicht in Russland?, fragte Albert laut. Der Mann am Mikrofon wandte sich ihm zu.

In Russland, guter Mann, hält mein Double eine Sitzung im Kreml ab. Der versteht ohnehin mehr davon als ich. Ich trinke Wodka und höre Heavy Metal, mehr können sie nicht von mir verlangen, schließlich gewinne ich ihre Wahlen.

Welche Band mögen Sie am liebsten?, fragte der Rat für Alles-was-es-zur-Räterepublik-zu-wissen-gibt-Dinge.

Mein Gott, ich weiß nicht. Wie kann man so schnell fragen? Na gut, ich sage einfach mal »Black Sabbath«.

Laaangweilig!, rief Albert.

Albert, sagte der Kulturrat. Wenn der Herr Präsident Black Sabbath gut findet, so ist das seine Entscheidung.

Wir sind Linke, wir entscheiden gemeinsam. Sabbath ist lahm. Iommi für die Omi.

Ich muss mir von einem Grazer nicht sagen lassen, wer lahm ist und wer nicht, sagte Kakow. Ich war bereit, die Grazer Räterepublik zu unterstützen, nun überlege ich, ob ich nicht das Land dem Erdboden gleichmachen soll.

Sie meinen so flach wie den Sound von Sabbath?

Ich … ich …

Er trifft einen Punkt, sagte der Rat für Telekommunikation und Milchkunde. Black Sabbath tut sich nicht gerade durch Einfallsreichtum hervor.

So kannst du das nicht sagen, sagte der Kulturrat. Die Basslinien sind …

… laaahm, ergänzte Albert.

Leute, Leute, sagte der Täufer. Ich muss hier dazwischengehen. Es geht doch um etwas anderes. Fantasieloses Drumming ist das Allerletzte. Der haut auf seine Schießbude ein, als könnte er nicht bis vier zählen. Exakte Schläge sind das Um und Auf des treibenden Rhythmus'. Sabbath sind Laien mit der Attitüde von Profis, Wichtigtuer bestenfalls.

Ich werde euch alle auslöschen, sagte Kakow. Die Grenzen sind geschlossen. Ich habe die A-Bombe.

Und keine Ahnung von Musik, sagte Albert.

Der Präsident lief rot an, seine Zähne schlugen aufeinander.

Ihr werdet alle sterben, sagte er.

Das kennen wir schon von der kleinen Lissi, sagte der Rat für Telekommunikation und Milchkunde. Bei ihr klang das viel glaubhafter.

Stimmt, sagte Albert. Und so süß.

Ja.

Och! Sagte der Gesundheitsrat. Wie niedlich sie dastand in ihrem Kleidchen.

Die Flügelchen erst, sagte der Kulturrat.

Und der ernsthafte Gesichtsausdruck, ergänzte der Wissenschaftsrat.

Ich halte eine Rede!, brüllte Kakow in sein Mikrofon.

Was sagt er?, fragte Albert.

Irgendwas mit »reden«, erklärte Erwin. Nicht so wichtig. Wusstest du, dass ich im Gymnasium eine Band hatte?

Nein, wie hieß sie?

Die »Reagentropfen«. Du weißt schon, wegen Ronald Reagen und so …

Ich hatte mal eine Audition bei einer Band, die hieß »Nur Nicht AufReagen«.

Wir waren die »Sich Reagen Bringt Segen«, sagte der Rat für Alles-was-es-zur-Räterepublik-zu-wissen-gibt-Dinge. Wir könnten mal zusammen jammen.

Nächsten Freitag wär' fein, sagte Albert. Bei mir im Keller. Ich hab' eine PA.

Ich bringe meinen Bass mit, sagte der Kulturrat.

Ruhe!, kreischte Kakow. Ich lasse euch alle terminieren. General!

Keine Reaktion.

General Smirnoff!

Der trinkt gerade Ihren Wodka, rief Albert.

Genug!, sagte der Kulturrat. Ich und der Täufer, mein Bruder, wir unterstützen den russischen Präsidenten. Er will die Schirmherrschaft über unser Projekt übernehmen.

Zwei Einwände, sagte der Wissenschaftsrat.

Rede.

Erstens: Schirmherrschaft ist eine Herrschaft. Das ist ein Detail, dass gerne übersehen wird. Soweit ich mich erinnere, wollten *wir* herrschen. Zweitens: Projekt ist doch wohl ein sehr geringschätziger Begriff für die Übernahme der Stadt- und Staatsleitung. Wer eine Flying V spielen kann, kann auch einen Staat führen.

Er hat recht, sagte der Gesundheitsrat.

Ich bin mir auch nicht mehr sicher, sagte der Täufer.

Hansi!, sagte der Kulturrat, stampfte mit dem Fuß auf. Wir hatten das doch besprochen.

Aber meine Band hieß »Am Tag Als Der Reagen kam«, sagte der Täufer. Wir sind quasi Brüder.

Wir beide sind Brüder und nicht nur quasi.

Das wird überschätzt. Was ist Genetik gegen Rock 'n' Roll?

Wo bleibt mein General!, schrie Kakow.

Wir haben Ihre Leute festgesetzt, sagte der Täufer.

Aber Hansi, staunte der Kulturrat.

Ja, ich arbeite für die andere Seite, sagte der Täufer.

Für die Deutschlandsberger?

Ich stehe offiziell in den Diensten der Yankees. Die jagen einem nicht existenten Ei hinterher. Der Grazer Rat übernimmt mit Kakows Hilfe die Herrschaft über Österreich. Er wird bestimmt so freundlich sein, um später gesund nachhause zu kommen. Meine Kumpels in den USA stürzen die amerikanische Regierung und erkennen die Räterepublik an. Und am Freitag jammen wir bei Albert.

Und wo wir schon dabei sind, sagte Albert. Stadtrat klingt besser als Rat. Ich stelle den Antrag auf Rückbenennung.

Zum ersten Mal in seinem politischen Leben wurde ein Antrag Alberts angenommen.

***

In Washington, D. C. graute der Morgen. Präsidentin Twinklestar stieg aus ihrer Staatskarosse, gefolgt von Sykowsky und Mingus. Chief Whitehouse Correspondent James Conolly und Chefideologe Harnishwood kletterten aus einem anderen Wagen. Sie näherten sich dem Washington Monument.

Wo ist das Ei, fragte die Präsidentin.

Ich kann es nicht sehen, sagte Sykowsky. Das wundert mich nicht. Es wird unsichtbar sein.

Warum sollte es das?

Tarnen und täuschen. Die Außerirdischen sind ja auch nicht blöd.

Verstehe. Von Tannenreisig haben die noch nichts gehört. Wie reagieren wir darauf.

Wir ignorieren sie, vielleicht fühlen sie sich dann sicher und rematerialisieren.

Sie sind ja richtig schlau, Sykowsky.

Wir könnten das Ei auch mit Farbe übergießen, sagte Mingus. Dann würde es sichtbar.

Das ist auch eine interessante Lösung. Ich lehne beide Vorschläge ab. Ich entscheide: Während wir sie ignorieren, übergießen wir das Ei mit Farbe.

Genial, Madam President, sagte Mingus.

Die Nachwelt wird Ihr Lob singen, bestätigte Sykowsky. Wir engagieren Bruce Wintersteen.

Nicht immer der. Gebt dem Alter eine Chance. Ich schlage Bob Dollar vor.

Dann lieber gleich Paul McCarthy.

Präsidentin Twinklestar wandte sich an Chief Whitehouse Correspondent James Conolly:

Während die beiden sich mit der musikalischen Ausgestaltung beschäftigen, arrangieren Sie alles fürs Ignorieren. Das Ei darf nichts davon bemerken.

Das Ei darf nicht bemerken, dass wir es ignorieren?, fragte Conolly. Das ist doch nicht möglich.

Machen Sie es möglich. Wofür bezahle ich Sie?

Das amerikanische Volk bezahlt mich.

Das amerikanische Volk hat gar nicht so viel Geld, Conolly, dafür sorge ich mit meiner Wirtschaftspolitik.

Sehr wohl, Madam.

Und Sie Harnishwood, sagte sie zum Chefideologen, erklären dem Kongress und dem amerikanischen Volk, dies sei nur ein Manöver. Das Umfeld ums Memorial wird gesperrt. Allfällige Drohnen werden abgeschossen. Dieses Projekt ist Top Secret.

Top Secret vor dem Washington Monument. Aye, Madam President, Sir.

Wenige Stunden später kreisten zwei Helikopter über dem Washington Monument. Mingus überlegte, wie die amerikanische Wirklichkeit wohl ohne Helikopter aussähe. Vor seinem geistigen Auge – wenn es etwas derart Geschmackloses gab – liefen Personen in Fellkleidung umher, dicke Keulen in Händen. Sie riefen »Ugha, ugha, ugha«, dann schlugen sie sich gegenseitig die Schädel ein. Er musste zugeben, der Unterschied zum Status quo war vernachlässigbar gering. Seine Gedanken kehrten zum geistigen Auge zurück. Hatte sich schon jemand ausgemalt, wie ein solches Auge aussähe? Man würde wohl Steven Kong engagieren müssen, das Unding zu beschreiben. Die Kinder bekämen Ausgehverbot, nur lizenzierte Leser dürften sich dem Text auf zwei Meter nähern und versuchen, zu erahnen, was dort stünde.

Was die musikalische Gestaltung der präsidentiellen Lobhudelei betraf, einigte man sich nach langem Streit darauf, es bliebe nur die Möglichkeit, Sykowsky und Mingus sängen ein Duett. Sykowsky entlarvte sich als Meister der Harfe, während Mingus dem Schlagzeugspiel nicht abgeneigt war. Der Zusammenklang der beiden Instrumente versprach ein bisher nicht gekanntes Erlebnis. Stilistisch kamen die Diplomaten überein, einen Mix aus Jazzrock und deutschem Schlager zu bevorzugen.

Conolly hatte sich gegen Farbe entschieden, stattdessen sollte ein Hubschrauber flüssigen Teer über das Ei entleeren, der andere warf Federn ab. Nach guter alter amerikanischer Tradition wurde, was nicht eingeschätzt werden konnte, geteert und gefedert. Die Präsidentin gab ihr Okay. Die Herausforderung bestand vor allem darin, die Federn zielsicher über der vermuteten Position des Eies abzuwerfen. Es herrschte Windstille. Der Meteorologe auf MSNBC bestätigte, das würde sich auch nicht ändern. Die Helikopter kreisten minutenlang über der Abwurfstelle. Chefideologe Harnishwood hatte entschieden, der ideologischen Grundausrichtung der Aliens entsprechend sei der Zielpunkt eine Stelle zehn Meter nordwestlich des Monuments. Auf die Frage nach seinen Kenntnissen der ideologischen Grundausrichtung der Aliens weigerte er sich zu antworten. Er müsse sich nicht rechtfertigen, meinte er, seine Orden sprächen für sich selbst. Dass er keinerlei Orden besaß, spielte dabei keine Rolle, meinte er, das wäre Erbsenzählerei gewesen, darüber sei man hoffentlich im einundzwanzigsten Jahrhundert hinweg. Wer wollte ihm da widersprechen?

Die Bäuche der Hubschrauber öffneten sich. Conolly gab das Startzeichen. In diesem Moment kam ein Anruf von MSNBC. Der Meteorologe, hieß es, ließe sich entschuldigen, er habe Washington, D. C. mit dem Staat Washington verwechselt, es sei mit vereinzelten Böen zu rechnen. Conolly öffnete den Mund, um seine Order rückgängig zu machen, doch es war zu spät. Der

Teer klatschte auf das Monument, hüllte es über die gesamte Länge ein. Die Federn wirbelten wie Schneeflocken durch die Luft, blieben letztlich auf dem Monolith haften.

Wir haben George Washington geteert und gefedert, sagte Mingus.

Einer musste es tun, sagte Sykowsky. Die Geschichte ist geduldig. Wenn wir uns beeilten, könnten wir das Lincoln Memorial erreichen, ehe die Nationalgarde hier ist.

Verräter!, rief Mingus. Wie hast du das manipuliert?

Ich habe die Geschichte mit dem Ei erfunden. Es existiert nicht. Der Meteorologe war leicht hinters Licht zu führen. Du solltest zu uns stoßen, du bist zu schön für diese Welt. Kakow kann dir mehr bieten. Du bekommst dein eigenes Spiegelkabinett in Sankt Petersburg.

Ich will einen SUV, keinen Trabant.

Das mit dem Trabant waren die Ostdeutschen. Du kriegst deinen SUV.

Auf zum Lincoln Memorial!

***

Erzherzog Willi und seine Freunde bestiegen den Zug zur Heimreise. Wie sich herausstellte, wohnte auch der alte Kellner in Graz. Niemand hatte gewusst, es existierte ein Abenteurer, welcher täglich aus der Zivilisation in die Wildnis reiste, um den Eingeborenen Kaffee zu servieren. Man hätte sich die teuren medizinischen Behandlungen der Forscher sparen können, ihre Familien wären nicht zerrüttet worden, hätte man auf Kellner gesetzt, die wahren Draufgänger ihrer Zeit, bereit sich der Ungewissheit auszusetzen – Kaffee mit oder ohne Milch.

An der Haltestelle Groß St. Florian trat der Zugbegleiter in Erscheinung. Er brachte seinen Körper ins stabile Gleichgewicht, zückte ein mysteriöses Gerät.

Fahrscheine?, sagte er.

Ich hätte eine Gegenfrage, sagte Franziska. Welche ist Ihre bevorzugte erotische Fantasie?

Ich bin mir nicht ganz sicher.

Wie kann man nicht ganz sicher sein?

Ich würde gern Ihren Fahrschein sehen.

Das ist Ihre Fantasie?

Das ist meine Aufgabe. Wenn sie mir bitte Ihre Fahrscheine vorweisen würden.

Sie lenken ab. Jeder hat sexuelle Fantasien, selbst Menschen, die sie niemals ausleben könnten.

Franziska, sagte Willi, ich glaube, der Herr Schaffner möchte dich nicht in seinen Intimbereich eindringen lassen.

Das habe ich auch gar nicht vor, Schmutzfink. Hältst du mich für so eine?

Ich meinte, er redet vielleicht nicht gern über sein Na ja.

Warum sollte er nicht über sein Na ja reden wollen? Wozu hat man ein Na ja?

Na ja, das Na ja erfüllt diverse physiologische Aufgaben, als da wären: das Wasserlassen, welches uns vom Druck befreit, dem unsere Blase uns unterzieht; weiters hat es eine erhebende Funktion, die mit der Ausschüttung endogener Opiate in Verbindung steht.

Na also.

Nicht also. All das hat mit Reden gar nichts zu tun, wir können derlei erledigen, ohne ein Wort darüber zu verlieren.

Ich fordere Sie zum letzten Mal auf, sagte der Zugbegleiter, Ihre Fahrscheine vorzuweisen, oder ich müsste Maßnahmen ergreifen!

Das war eine sehr männliche Aussage, sagte Franziska. Findest du nicht, das war sehr männlich, Willi?

Das kann ich so nicht bestätigen, sagte der Erzherzog. Männlich wäre es gewesen, ohne Umschweife auf deine Frage zu antworten. Er wird sich gefallen lassen müssen, von nun an Sissi genannt zu werden.

Sei nicht so hart zu ihm. Und das Wort Umschweife ist nun wirklich zu ordinär. So kenne ich dich gar nicht.

Es reicht! Der Schaffner hyperventilierte. Wenn Sie nicht umgehend Ihre Fahrscheine vorweisen, bin ich gezwungen Sie des Zuges zu verweisen.

Sie sollten sich nicht so erregen, warf der Stadtrat für Alles-was-mit-Willi-zusammenhängt-oder-auch-nicht-Angelegenheiten ein. Franziska kicherte.

Der Kellner nahm eine Lakritzstange aus seiner Sakkotasche, kaute genüsslich.

Wir wissen noch immer nichts über Sissis sexuelle Fantasien, wagte er anzumerken.

Also gut, sagte der Schaffner. Die Grazer rückten zusammen, lauschten gespannt. Ich liebe meine Teddybären, sagte der Zugbegleiter, besonders den braunen mit den Knopfaugen.

Ich kann den Mann verstehen, sagte Willi. Die Braunen mit den Knopfaugen sind besonders begehrenswert. Das ist einfach so. Nennt mich voreingenommen.

Allerdings nenne ich dich so, sagte der Stadtrat für Alles-was-mit-Willi-zusammenhängt-oder-auch-nicht-Angelegenheiten. Wie kann man eine dermaßen diskriminierende Aussage treffen. Dein Begehren und das dieses Zugbegleiters sind nur eine Seite der Medaille. Was ist mit uns? Ich zum Beispiel ziehe die Weißen mit Glasaugen vor. Mache mögen sogar jene mit x-förmigen Zwirnaugen. Das mag uns abartig anmuten, doch wer sind wir, sie zu verurteilen, auszuschließen!

Sissi ist einer von uns, sagte der Kellner. Geben wir ihm einen Ratsposten?

Er könnte eine Fachabteilung der Landesregierung leiten, sagte Franziska.

Du bist bloß Bürgermeisterin, sagte Willi. Das liegt außerhalb deines Einflussbereiches.

Ach, Erzherzog, sagte Franziska. Dummerchen du!

Ich nehme den Posten gern an, sagte der Schaffner.

Viermal Deutschlandsberg – Graz, bitte, sagte Franziska.

Betrachten Sie sich als eingeladen, sagte der Zugbegleiter. Ich hätte noch ein anderes Anliegen.

Reden Sie, Sissi, sagte Willi.

Ich hörte, in eurer Stadt sei ein Engel des Todes gesichtet worden.

Das ist richtig, sagte Franziska. Sie ist hinreißend. Ist sie das nicht?

Absolut, sagte Erzherzog Willi.

Also, fuhr Sissi fort, die Mutter meiner Freundin fleht jeden Tag, endlich sterben zu dürfen, sie hat entsetzliche Schmerzen und starrt den ganzen Tag die Decke über ihrem Krankenbett an. Ein Besuch eures Engels …

Ich fürchte, so funktioniert Lissi nicht, sagte Willi. Sie ist mehr eine Maulheldin. Sie sagt wir würden alle sterben, aber es geschieht nicht. Im Gegenteil, seit sie in Graz eingetroffen ist, tragen die Totengräber Semmeln aus und entfernen Neophyten am Murufer, um überleben zu können.

Ist das etwas, das wir für uns nutzen könnten?, fragte Franziska. Wir müssen die Macht in Graz zurückerobern.

Du meinst, wir könnten unsterblich sein?

Entweder das, oder es stehen irgendwo Fläschchen mit Lebenssaft herum wie in den Videospielen.

Hat sie uns alle zu Katzen gemacht?, fragte der alte Kellner.

Günther?, sagte Franziska.

Gegen die Theorie, Katzen hätten neun Leben, sagte der ehemalige Wissenschaftsstadtrat, nun Stadtrat für Alles-was-mit-Willi-zusammenhängt-oder-auch-nicht-Angelegenheiten, spricht das Beispiel John Lennons. Der gute Mann war einer Obsession mit der Zahl Neun verfallen, was ihn für einen Neunerblock prädestiniert hätte, doch weder die Revolution 9 noch #9 Dream oder One After 909 konnten den Trick vermitteln. Selbst die Tatsache, am 9.9. geboren worden zu sein, half ihm nichts, als ein Geisteskranker ihm nach dem Leben trachtete. Der Mensch ist nicht dazu geschaffen eine Katze zu sein, was sich schon in seiner Unfähigkeit zeigt, seine eigenen Geschlechtsteile mit der Zunge zu säubern. Ich denke, damit ist alles gesagt.

Das ist es. Mir ist jetzt ein wenig übel.

Nichtsdestotrotz gehört ein Plan her, sagte der Erzherzog. Wir dürfen die Ferraris nicht den anderen überlassen. Unser, äh, Gewissen lässt das nicht zu. Das Volk verdient unseren uneingeschränkten Einsatz.

Lissi könnte dabei durchaus hilfreich sein, sagte Franziska. Sie verfügt zweifelsfrei über außergewöhnliche Kräfte. Der Stadtrat für Geburten und Straßenbau hat mich angerufen. Er behauptete, sie verwüste die Stadt. Er und der Geschirrspülstadtrat sind übrigens aus dem Räterat ausgeschlossen worden.

Dem Geschirrspülstadtrat können wir nicht trauen, sagte Willi.

Deine Animosität gegenüber dem aufstrebenden Talent wird augenscheinlich, sagte Franziska.

Talent, Talent – ein Emporkömmling der abgefeimtesten Couleur.

Farben können nicht abgefeimt sein, sagte Sissi, der Zugbegleiter. Ich habe da meine Erfahrungen.

Darüber musst du uns später mehr erzählen, so Zeit ist, sagte Franziska. Nur ein Scherz, sag es gleich.

Zuerst muss man sich der Tatsache bewusst sein, erklärte der Schaffner, der Begriff »abgefeimt« steht in unmittelbarem Zusammenhang mit einem anderen: Abschaum. Abfeimen ist etymologisch das Abstreichen des verunreinigten Schaumes bei einem Reinigungsvorgang. Der Abgefeimte ist Schmutz, ist unrein. Nun ist es den Farben eigen, durch Reflexion ausgesuchter Wellenlängen auf bestimmten Oberflächen zu entstehen, sie sind Licht, Reinheit, unabhängig vom Verschmutzungsgrad der Oberfläche. Abgefeimt mag das Gefärbte sein, niemals die Farbe selbst, sie ist engelsgleich.

Wie Lissi, freute sich Franziska.

Äh, ja. Hat schon jemand daran gedacht, Lissi und Lotti gegeneinander auszuspielen?, fragte der Schaffner.

Wir sind ganz Ohr, sagte Franziska.

Du vielleicht, wandte Günther ein. Ich bin Nase. Seit meiner Kindheit …

Darüber sprechen wir später. Sissi möchte uns etwas erklären.

Ich möchte gar nichts erklären, erklärte Sissi. Ich erkläre mich für unerklärlich.

Ein Geheimnis umgibt ihn, staunte Willi.

Ich wollte nur einen Denkanstoß geben. Ob wir sie gegeneinander verwenden oder zusammenbringen, um ihre Kräfte zu verstärken, sei dahingestellt. Wenn uns das Schicksal mit Wesen versorgt, die übermenschliche Kräfte eignen, wäre es fahrlässig, nicht an deren Nutzung zu denken.

Er spricht wie mein Opa, sagte Willi. Wer *eignet* heute noch Kräfte? Wir sind bestenfalls stark. Irgendwie ist das nicht dasselbe. Was meint Günther dazu?

Dein Opa ist ein Idiot, sagte der Stadtrat für Alles-was-mit-Willi-zusammenhängt-oder-auch-nicht-Angelegenheiten.

Kein Vortrag? Du enttäuschst mich. Nichts ist mehr, wie es einmal war.

Da sprichst du ein wahres Wort, sagte der Zugbegleiter, der keine Züge mehr begleiten würde. Der Lavendel ist nicht mehr so lila wie früher. Die Kinder spielen nicht mehr draußen, Autos brauchen kein Benzin mehr. Macht das Leben überhaupt noch Sinn?

Ohne Benzin ist es natürlich Kacke, meinte der Erzherzog. Um die Kinder würde ich mich nicht sorgen, die spüren, dass die Luft auch nicht mehr ist, was sie einmal war – womöglich wegen des fehlenden Benzins.

Wenn wir schon dabei sind, sagte der Kellner. War nicht die Schwerkraft auch leichter, bevor Newton damit hantierte?

Bevor Einstein damit anfing, war auch nichts relativ, sagte Willi. Das waren noch Zeiten. Niemandem ging es relativ gut, nie war es relativ spät, und keiner war relativ gut im Bett.

Hat da jemand ein Problem?, fragte Günther.

Ich wüsste nicht, wer das sein sollte, entgegnete Willi. Er wandte sich ab. Nach einer Pause berieten sie über das weitere Vorgehen. Es wurde klar, Lotti konnte nicht den Deutschlandsbergern überlassen bleiben.

Wie sollten wir Lotti nach Graz bringen?, fragte Willi. Die Deutschlandsberger würden sich das nicht so einfach gefallen lassen.

Wir müssen sie irgendwie anlocken, schlug der alte Kellner vor.

Das wird gar nicht nötig sein, sagte Günther. Die beiden suchen einander bestimmt.

Das ist zu unsicher. Lissi könnte von Lotti nach Deutschlandsberg gelockt werden, dann wären wir die Geleimten. Die ohnehin schon zu große Macht Deutschlandsbergs würde ins unendliche gesteigert.

Lissi muss festgesetzt werden, entschied Franziska. Nur so sind wir sicher.

Und was dann?, fragte Willi.

Das wird sich weisen.

Der Zug hielt mitten in der Wildnis. Eine Lautsprecherstimme erklang.

Uwe, sagte die Stimme, ich glaube, es ist Weihnachten. Da sitzt ein Engel auf dem Geleise.

Wer ist Uwe?, fragte Willi.

Ich bin das, sagte Sissi. Er öffnete den Notausstieg, kletterte aus dem Waggon. Willi und seine Freunde folgten ihm. Kaum standen sie im Kies des Bahndamms, rumpelte der Zugwagen auf die Schienen nieder.

Lissi, sagte Franziska. Das tut man nicht. Du darfst die Vorderachse des Zugwagens nicht wegnehmen. Die braucht er doch. Gib sie ihm zurück!

Das wird nicht viel nützen, sagte Uwe beziehungsweise Sissi. Sie hat die Achse verknotet.

Sieht hübsch aus, meinte Willi. Unsere Kleine hat künstlerische Veranlagung.

Wir lassen sie am Ortweinplatz einschreiben, schlug Franziska vor.

Radscheiben kamen wie Frisbees geflogen. Uwe rief:

Duckt euch, die wiegen eine halbe Tonne. Wenn jetzt einer sagt, er schickt sie aufs Sportgymnasium, werde ich böse.

Uwe wird böse, sagte Willi. Jetzt fürchten wir uns aber. Ich denke längst an die Olympischen Spiele. Die österreichische Räterepublik sammelt alle Goldmedaillen.

Ein Rad schlug in die Blechverkleidung des Waggons ein, hinterließ eine tiefe Mulde.

Ich protestiere, sagte Franziska. Die Räterepublik werde ich verhindern. Ich schaffe eine Bürgermeisterinnenrepublik.

Eine interessante Alternative, sagte der Stadtrat für Alles-was-mit-Willi-zusammenhängt-oder-auch-nicht-Angelegenheiten. Weniger Köche verderben weniger Brei. Wie stellst du dir die Hierarchie vor?

Keine Hierarchie, nur Bürgermeisterinnen.

Eine Radscheibe zischte über Franziskas Kopf hinweg.

Die müssten dann lokale wie auch nationale Entscheidungen treffen, gab Günther zu bedenken. Ist das nicht zu komplex?

Ich habe überhaupt keine Komplexe. Was erlaubst du dir!

So war das nicht gemeint.

Ich weiß genau, wie das gemeint war. Du denkst, mit einer Frau kannst du das machen. Das wird dir vergehen, Chauvinist.

Aber …

Ein Stoßdämpfer schlug zwischen Franziska und Günther in den Kies ein.

Mittlerweile waren die restlichen Fahrgäste aus ihren Waggons geflüchtet, liefen auf die nahe Wiese. Als Letzter verließ der Zugführer das Wrack. Ein kleiner Applaus brandete auf, begleitete seine Flucht. Der Kapitän hatte seine Pflicht erfüllt. Uwe schien dadurch animiert, ebenfalls eine Heldentat zu vollbringen. Er lief bis ans vordere Ende des Zuges, stellte sich auf die Schienen, breitete die Arme aus.

Keinen Schritt weiter, sagte er.

Idiot!, rief die Menge. Sie fliegt.

Das tat sie, riss eine Schiene aus ihrer Verankerung, knotete sie rund um Uwe.

Ist das alles?, rief er. Ha! Damit beweist du gar nichts.

Idio-ot!, rief die Menge.

Lissi riss eine weitere Schiene vom Bahndamm, knotete sie um die erste, verzierte ihr Werk mit einer Masche.

Mich beeindruckst du nicht, rief Uwes Stimme aus dem Metallknäuel.

Vollidiot!, rief die Menge.

Lissi rollte den umwickelten Uwe, Uwe+ sozusagen, auf die Schienen, verpasste dem Stahlgebilde einen Fußtritt. Funken sprühten. Mit ohrenbetäubendem Quietschen schnellte Uwe+ in Richtung Graz davon.

Er wird vor uns da sein, stellte Willi fest. Ein schlauer Bursche.

Lissi schwebte drei Meter über dem Boden. Sie flog hin und her, als überlegte sie. Nach zwei Minuten hielt sie an, flog eine Kurve, schien weiter in Richtung Deutschlandsberg flattern zu wollen. In diesem Moment kehrte Uwe+ mit atemberaubender Geschwindigkeit zurück, hielt unmittelbar unter Lissi, blieb auf dem Geleise liegen. Hundert Meter hinter ihm flogen Schienen und Schwellen vom Bahndamm, als wühlte ein Pflug unter ihnen hindurch. Die Erschütterungswelle stoppte wenige Meter vor Uwe+, ein kleines gehörntes Mädchen schoss aus der Erde. Es landete breitbeinig auf dem Bahndamm. Lissi glitt neben ihr zu Boden.

Wir sind Lissi und Lotti, sagten sie. Ihr werdet alle sterben.

Sie packten Uwe+, warfen ihn bis zur Stelle, wo die Schienen noch an ihrem Platz waren. Von dort nahm er erneut Fahrt Richtung Graz auf.

Franziskas Smartphone spielte die Steiermarkhymne.

Ja, Franziska hier ... ist doch nicht ... aber ... wiederholen Sie das ... du Heilige ...

Was ist los?, fragte Willi.

Der Stadtrat hat die Macht im Land im Land ergriffen. Wir sind geliefert.

***

Mingus und Sykowsky sprangen in einen Pick-up, rasten zum Lincoln Memorial. Auf der Ladefläche war eine große drahtumwickelte Walze montiert. Sykowsky kümmerte sich nicht um Straßen oder Wege, er fuhr über Rasen, durch Vorgärten. Vor dem Memorial stiegen sie aus dem Pick-up. Sie fassten nach dem Ende der riesigen Seilwinde, zogen es mit sich die achtundfünfzig Stufen zum Tempel hinauf. Die Wachen erkannten die zwei Diplomaten, behelligten sie nicht. Niemand wunderte sich über das seltsame Verhalten der beiden. Sie waren als verrückte Machos bekannt, hatten den Segen der Präsidentin. Im Tempel thronte der alte Präsident wie der Pharao auf einer altägyptischen Grabmalerei. Die beiden kletterten auf den Thron, umwickelten Lincoln mit dem Drahtseil. Die Smartphones beider spielten Star-Spangled Banner.

Sykowsky nahm den Anruf entgegen. Sekunden später wandte er sich an Mingus.

Das war unser Spion in Österreich: Der russische Präsident ist in der Hand der Grazer. Wir arbeiten jetzt für die Lederhosen.

Mingus sprang vom Thron.

Kriegen wir unsere SUVs?

Sykowsky sprang hinterher.

Gebongt.

Im Namen der Räterepublik: Wir stürzen den Präsidenten.

Sie liefen an den Wachen, die verzweifelt in ihre Smartphones brüllten, vorbei, sprangen in den Hummer. Sykowsky gab Gas.

***

Der Geschirrspülstadtrat fuhr, die Hellebarde aufgepflanzt, auf der Rolltreppe nach oben zum Bahnsteig 9. Ihm folgte der Stadtrat für Geburten und Straßenbau mit einem Wurfnetz. Die Mienen der beiden Männer verrieten Entschlossenheit. Eine Lautsprecherstimme erklang.

Der Regionalzug S61 von Wies-Eibiswald wird mit einer Verspätung von etwa drei Monaten am Bahnsteig 9 eintreffen. Den Grund dafür verrate ich nicht. Bäh!

So lassen wir uns nicht abspeisen, rief der Stadtrat für Geburten und Straßenbau, als die Politiker den Bahnsteig betraten. Was ist geschehen?

Hallo, ich bin eine Lautsprecherstimme. Ich kann euch nicht hören, ihr Idioten.

Wer zu sprechen vermag, sagte der Geschirrspülstadtrat, kann auch hören. Du kannst stumm sein, aber hören; taub sein, aber sinnvoll sprechen, ist nicht möglich. Du kannst dich selbst nicht hören, hast keine Kontrolle über deine Stimme.

Das ist Unsinn, sagte die Lautsprecherstimme. *Ich bin eine verfickte Lautsprecherstimme, für mich gilt das nicht. Ob ich höre oder nicht, entscheide ich. Vielleicht ist irgendwo auf dem Bahnsteig ein Mikrofon versteckt, vielleicht aber auch nicht.*

Er hat recht, sagte der Stadtrat für Geburten und Straßenbau. Man kann es einfach nicht wissen.

Diese Ungewissheit macht mich verrückt, sagte der Geschirrspülstadtrat. Er richtete sich an die Lautsprecherstimme. Na gut. Was willst du?

Ich brauche Zuwendung. In dieser kalten Welt will niemand mehr dem anderen zuhören. Es gibt keine Solidarität mehr, kein Mitgefühl.

Die Stadträte nickten einander zu.

Er hat so recht, sagte der Geschirrspüler. Ich rede und rede – wozu? Die Leute sind mit ihren Gedanken irgendwo, nur nicht bei mir. Ich will ja gar nichts Bedeutendes sagen, aber wenn ich von meinen Sorgen erzähle, könnte doch jemand sagen: Armer Geschirrspülstadtrat, ich fühle mit dir. Wie ist das bei dir?, fragte er den Stadtrat für Geburten und Straßenbau.

Mein Gott, man fristet halt seine Zeit im luftleeren Raum – niemand hier, niemand dort; und zeigt sich jemand hier oder dort, dann ist er mit sich selbst beschäftigt. Ich bin transparent, Schall und Rauch.

Ihr habt ja so recht, Brüder, sagte die Lautsprecherstimme. *Unsere Welt ist mitleidlos geworden, gleichzeitig nimmt das Leid zu, weil keiner mitleidet. Es ist ein Teufelskreis.*

Der Mann beißt sich in den Schwanz, sagte der Geschirrspülstadtrat.

War das nicht die Katze?, wollte der Stadtrat für Geburten und Straßenbau wissen.

Die auch.

Ohne zu sehr auf anatomische Voraussetzungen eingehen zu wollen, sagte die Lautsprecherstimme, *wundere ich mich doch über deine übermenschlichen Fähigkeiten, Hellebardenträger. Erzähle uns mehr darüber.*

Es fing im Gitterbett an, sagte der Geschirrspülstadtrat. Ich hatte gerade …

Funken sprühten von den Geleisen neben dem Bahnsteig her. Ein Metallknäuel blieb auf den Schienen liegen. Die beiden Stadträte untersuchten das Gebilde.

Da steckt einer drinnen, sagte der Stadtrat für Geburten und Straßenbau.

Helft mit, sagte Uwe, der Zugbegleiter. Ich bin gefangen.

Das ist die Gelegenheit, sagte die Lautsprecherstimme. *Ihr könnt beweisen, ihr seid nicht wie die anderen. Zeigt der Welt, was Menschlichkeit bedeutet.*

Ich muss dringend Pipi, sagte der Stadtrat für Geburten und Straßenbau.

Ich komme mit dir, sagte der Geschirrspülstadtrat. Vielleicht begegnet uns jemand, der jemanden verständigt, welcher jemanden dazu bringt, etwas zu unternehmen, damit jemand sich verantwortlich fühlt.

Das klingt nach einem guten Plan, sagte der Stadtrat für Geburten und Straßenbau.

Ihr seid meine Helden, jubelte die Lautsprecherstimme. *Endlich geschieht etwas.*

Geht nicht weg, bettelte der Zugbegleiter. Einmal kurz anziehen, und ich bin frei.

Wir stimmen ab, bestimmte der Geschirrspülstadtrat. Wer ist dafür pinkeln zu gehen? Zwei Hände hoben sich. Das sieht gut aus, sagte er. Gegenprobe: Wer ist fürs Helfen? Eine Hand streckte sich aus dem Stahlknäuel.

He!, sagte die Lautsprecherstimme. *Ich kann meine Hand nicht sichtbar heben.*

Erst kannst du nicht hören, bemerkte der Stadtrat für Geburten und Straßenbau, jetzt kannst du nicht einmal die Hand heben. Ich halte dich für einen Drückeberger.

Das ist unfair.

Na gut, sagte der Geschirrspülstadtrat. Es steht zwei zu zwei. Patt.

Schere, Stein, Papier, schlug der Stadtrat für Geburten und Straßenbau vor.

Hallo, sagte die Lautsprecherstimme. *Ich kann meine Hände nicht zeigen. Schon vergessen?*

Der Geschirrspüler hier wird gegen den Kumpel im Stahlknäuel antreten.

Das klingt fair.

Eine halbe Stunde später stand Uwe neben den Stadt-räten auf dem Bahnsteig 9. Man hatte sich darauf geeinigt, das Umwickeln des Steins mit Papier würde in Wahrheit gar nichts bewirken, somit gewann der Zugbegleiter, der schon im Vorfeld aus Wut seine Faust aus dem Stahlgewirr gestreckt hatte. Die Räte informierten Uwe über ihre Absicht, Lissi den Garaus zu machen, um die Ordnung in der Stadt wiederherzustellen. Der Schaffner erzählte, was sich einstweilen auf der Bahnstrecke abgespielt hatte. Die Kunde vom Zusammenschluss der Geschlüpften hatte ernüchternde Wirkung auf die Politiker. Die Hellebarde verschwand in der Bahnunterführung. Erneut nahm die Demokratie ihren Lauf, es wurde abgestimmt, wie weiter zu agieren sei. Folgende Optionen standen zur Wahl:

1) Kopflose Flucht, vorzugsweise zu Mami.

2) Depressive Verstimmung, gefolgt von Apathie.

3) Paranoia.

4) Ignoranz, Leugnen der Wirklichkeit.

5) Bier, nicht zu knapp.

6) Zunächst Ignoranz, dann Bier gegen die allfälligen depressiven Verstimmungen; der resultierenden Paranoia trüge man durch kopflose Flucht Rechnung, an deren Endpunkt wiederum Bier – auf keinen Fall zu knapp – stehen würde.

Das Ergebnis: drei Stimmen für Option 6), die Lautsprecherstimme für Option 2). Letztere wurde wegen Befangenheit gecancelt, man überließ sie ihrem Schicksal, was den Vorteil hatte, deren Vorurteil zu bestätigen, die Menschen dächten nur an sich selbst, mangelten jeglicher Solidarität, etc. Recht zu haben sei besser als Sex, gestanden alle Beteiligten.

———————

Dido von Woanders, der Straßenmusikant, liebte seine Omi, aber ewig wollte er nicht in Fürstenfeld verbleiben, nicht zuletzt deshalb, weil die gute Küche der reizenden alten Dame seine Hüften belastete. Nun verhielt sich die Lage jedoch so, dass die Jugendlichen, die ihm von Graz hierher gefolgt waren, in Fürstenfeld glücklich zu sein schienen. Mit seinem Fortgang hätte er einen weiteren Massenexodus ausgelöst. Er war wider Willen zum Guru erkoren worden, seine Jünger glaubten an ihn. Es gab allerdings eine Instanz über ihm. Schon bald nach ihrer Ankunft entdeckte eine

Gruppe ehemaliger Offroadpiloten im Ortszentrum einen Suzuki Jimny. Es begab sich, dass das Fahrzeug unter den Jugendlichen mehr und mehr Anhänger fand.
Erst scheu, dann haltlos umschwärmten die jungen
Menschen den Geländewagen. Sein Besitzer blieb ver-
schollen. Ein begabter junger Mann knackte das
Schloss der Beifahrertür. Schon bald schmückten die
Jünger den Suzuki mit Blumen und Luftballons, feier-
ten in regelmäßigen Zusammenkünften die edle Seele
des Japaners. Jeweils bei Vollmond steuerte ihn eine
Jungfrau rund um den Ort. Es dauerte nicht lange, bis
eine heimliche Gespielin auftauchte. Eine Citroën DS
parkte eines Morgens frech in der Parklücke neben
dem Allradler. Bei rituellen Lesungen aus dem Kama-
sutra tauschten von nun an die beiden Autos Kühlflüs-
sigkeit aus, spielten Gummi-Gummi an der Feistritz.
Dido von Woanders brachte es nicht übers Herz, die Jugendlichen darüber aufzuklären, der Jimny sei nicht
einmal vegan, also keinesfalls göttlich. Natürlich fand
sich eine Person, welche die Situation auszunutzen versuchte. Es war ein »Täufer«, eine billige Kopie des Grazer Originals, ein Heuschreckendealer, der neben den
possierlichen Tierchen Nullkommadreiliterflaschen
Frucade aus dem Jahr 1999 sowohl gerüttelt als auch
gerührt feilbot. Der Ansturm war beachtlich, entsprechend groß erwies sich letztlich der Einfluss des Mannes. »Ich taufe nicht mit Wasser des Grazbachs, sagte
er, sondern jenem der Feistritz, dem gesegneten Wasser
der Nachgeborenen«. Niemand wagte, zu fragen, was

die Nachgeburten so selig machte und wer sie in die Feistritz geworfen hatte. Wer die Heuschrecken nicht mehr bezahlen konnte, wurde kurzerhand zum Sklaven erniedrigt, trug den Müll raus und massierte die Füße des Gurus. Dido von Woanders sah sich das eine Weile mitan. Seine Sorge nahm zu, er fühlte sich verantwortlich, verfluchte seine Flöte. Eines Morgens setzte er sich vor den Augen der Gläubigen in den Suzuki, schloss die Tür und spielte eine Melodie aus der Rocky Horror Picture Show. Nach einigen Minuten entstieg er dem Gefährt.

Freunde, sagte er. Der heilige Jimny hat zu mir gesprochen.

Oh!, riefen die einen.

Uh!, riefen andere.

Wow!, riefen welche.

Der Jimny traut dem neuen Täufer nicht, sagte Dido. Er trägt euch durch mich auf, dem Mann keine Heuschrecken mehr abzukaufen, auch keine Frucade.

Wie sollen wir das schaffen?, rief eine Jüngerin. Der Entzug wird uns kaputt machen.

Habt ihr es schon einmal mit Leberkäse probiert? Der weise Jimny sagt, er sandte ihn euch als spirituelle Nahrung.

Wo finden wir diesen Leberkäse?, fragte ein Blumenbekränzter.

In Graz, auf dem Hauptplatz. Er sagte: Dort wird euch gegeben werden in meinem Namen, reichlich wird vorhanden sein.

Der falsche Täufer wurde als Gebrauchtwagenhändler entlarvt. Er war jener gewesen, welcher den Suzuki Jimny und die Citroën DS heimlich geparkt hatte, die Jugendlichen zu verführen. Man zwang ihn, einen Teller voll Cremespinat zu essen, dann ließ man ihn im wilden Fürstenfeld zurück.

Nach mehrtägigem Fußmarsch trafen tausende vorwiegend junge Menschen in der Grazer Innenstadt ein und stürmten die Würstelbuden. Dido von Woanders hatte ihnen klargemacht, es gab Ersatzdrogen für den Leberkäse, sollte dieser zur Neige gehen. Buren-, Frankfurter-, Krainer-, Käsekrainer-, Debrezinerwürste, Braunschweiger, Weißwürste und viele andere standen zur Verfügung. Die Jugend hatte wieder eine Stätte der Sammlung gefunden.

Das Kapitulationsschreiben der ehemaligen Regierung in Wien prangte in einem schlichten Holzrahmen mit Blattgoldeinlagen an der Wand des Sitzungssaals im Grazer Rathaus. Kanzler Meier-Pokorny dankte ab, er begann eine Karriere als Pornodarsteller in Schweden. Seine Fans nannten ihn Meier-On-Fire oder Horny-Pokorny. Seine geschiedene Frau deckte auf, sein Körper in den Videos war von AI generiert.

Ich würde ihn Spatzeneier-Meier oder Maiskorny-Pokorny nennen, sagte sie der Kleinen Zeitung.

Der Karriere ihres Mannes schadete das nicht. Die Menschen liebten es, betrogen zu werden, das war die Lehre, die der Kanzler aus seiner Politikerlaufbahn zog, und er sollte Recht behalten.

Mithilfe ihrer Geisel Kakow hatten die Grazer Stadträte Wien von russischen Truppen besetzen lassen. Die EU freute sich, die Lederhosen endlich loszuwerden. Sollten sich doch die Russen mit dem Jodelvolk auseinandersetzen. Die Enttäuschung war groß, als Tage danach die Russen wieder abzogen, die Regierungsgewalt an die Grazer Stadträte abtraten. Die Amerikaner suchten immer noch nach ihrem Ei, Austria war nur ein Kosename für Australien. »Lasst die Aborigines in Frieden« war die Parole. Ein Mittelsmann rief den Täufer aus Washington an.

Etwas ist schiefgelaufen, sagte er.

Hat Sykowsky wieder gepatzt?, fragte der Täufer.

Er und Mingus haben den Präsidenten gestürzt.

Das sollten sie doch auch.

Ihr hättet ihnen auftragen müssen, die Präsidentin zu stürzen.

Ich verstehe nicht.

Sie haben Lincoln gestürzt.

Sieh an! Ich hätte geschworen, der sei bereits aus dem Amt entfernt worden.

Sie haben seine Statue gestürzt. Man hat sie verhaftet.

Die Statue?

Die beiden Berater der Präsidentin.

Das wirft uns zurück, sagte der Täufer. Danke für die Information. Er legte das Smartphone beiseite.

Schlechte Nachrichten?, fragte der Kulturstadtrat.

Ein kleines Missverständnis. Kein ernsthaftes Problem. Die USA werden uns vorerst nicht anerkennen.

Oh!

Ich vertraue auf Mingus' Charme. Das wird schon.

Na gut. Ich wollte noch etwas ansprechen. Ich weiß, der vordringlichste Punkt in unserem Programm ist die Beschaffung von Ferraris. Aber letzte Nacht habe ich nicht gut geschlafen. Lach mich nicht aus, ich fühlte irgendwie, wir schuldeten den Bürgern mehr als das.

Werde mir jetzt kein linker Spinner.

Nein. Ich meine ja nur.

Die Sache des Volkes geht das Volk nichts an, das muss dir klar sein. Denkst du, sie wählten alle paar Jahre neue inkompetente Politiker, wenn sie auch nur im Mindesten an der Sache des Volkes interessiert wären? Wir sind dazu da, bei den nächsten Wahlen abgestraft zu werden, indem sie andere Idioten auf unsere Stühle setzen und alles von vorne beginnt. Wir kürzen das ab. Wir kämen im Machtkreislauf nach einer gewissen Zeit ohnehin wieder an die Reihe, also bleiben wir gleich, ersparen dem überforderten Volk das Wählen. Wir führen einen Straftag ein. Sie können uns nicht abwählen, dafür bieten wir ihnen etwas Besseres. Eine große Show auf allen TV-Sendern. Nach einigen musikali-

schen Acts betritt ein prominenter Moderator die Büh-
ne. Es wird ein Quiz oder eine andere Form des
Glückspiels durchgezogen. Der Gewinn ist jeweils eine
Rute, mit der sie uns züchtigen dürfen.

Ich will nicht gezüchtigt werden.

Willst du einen Ferrari?

Na gut.

Ich erwäge sogar, mein Hinterteil dafür zu entblö-
ßen.

Verdammter Exhibitionist

Ich gebe dem Volk, was des Volkes ist: die Unterhaltung. Ich überlasse dem Volk alles, nur nicht die Sache
des Volkes. Sie ist zu wichtig für den Pöbel.

Pöbel kommt aus dem Lateinischen, mischte sich der
Wissenschaftsstadtrat ein. Populus heißt wieder nur
Volk. Damit zeigt sich, im Gegensatz zu den feuchten
Sprüchen der Politiker vor den Wahlen – »wir sind die
Partei für die Menschen« –, hielten sie nie viel von den
Personen, die sie vertreten sollten. Wir sind also nicht
die Ersten, die nur Ferrari fahren wollen.

Na seht ihr, sagte der Täufer. In unserer Verfassung
steht nur: Dreihundert Pferdestärken sind nicht genug.

Wie umsichtig von den Verfassern, sagte der Kulturstadtrat.

Wir sind die Verfasser.

Wie umsichtig von uns.

Wer kümmert sich um Kakow?

Der Stadtrat für Alles-was-es-zur-Räterepublik-zu-
wissen-gibt-Dinge. Der Stadtrat für Telekommunikati-

on und Milchkunde bereitet die nächste Stufe der Gehirnwäsche vor.

Telemilch ist unser größter Schatz, sagte der Täufer. Er kann es natürlich zu nichts bringen, er stellt keine Fragen. Aber seine mentalen Fähigkeiten sind außerordentlich. Wir müssen gut auf ihn achten.

Wird Kakow den Russen nicht fehlen?, fragte der Wissenschaftsstadtrat.

Das Double macht seine Sache gut. Er hat bereits mehr als die halbe Welt dazu gebracht, uns anzuerkennen, darunter China. Es wurden Bedenken in Hinblick auf unsere Verfassung geäußert, doch das war kein Ausschließungsgrund.

Was stört sie an unserer Verfassung.

Einige sind der Meinung, man solle den Ferrari nicht in Verfassungsrang erheben, das sei plump und könne im Volk Misstrauen auslösen.

Sie wissen nicht, dass das Volk sich nicht mit der Sache des Volkes befasst.

Manche lernen es nie. Der Einwand, man könnte damit andere Sportwagenhersteller verärgern, hat schon mehr Berechtigung. Aber eine Verfassung kann schließlich erweitert werden. Der erste Verfassungszusatz wird sich vielleicht auf Bugatti beziehen, dann sieht man weiter. Wenn wir jetzt überstürzt handeln, stehen wir womöglich am Ende mit einer Liste da, die nicht aktuell ist. So eine Verfassung kann richtig bindend sein, glaubt mir.

Nicht auszudenken, sagte der Kulturstadtrat.

Der Stadtrat für Telekommunikation und Milchkunde betrat den Raum, er führte Kakow mit sich.

Wie geht es Ihnen, Herr Präsident?, fragte der Täufer.

Ich bin Kacke, sagte Kakow.

Der Täufer sah den Stadtrat für Telekommunikation und Milchkunde an.

Was hast du getan?

Ich kann nichts dafür. Zu dieser Einsicht kam er von ganz allein.

Ich bin Präsident Kacke, sagte Kakow, verbeugte sich anmutig.

So können wir ihn nicht zurückschicken, sagte der Kulturstadtrat zum Stadtrat für Telekommunikation und Milchkunde. Könntest du ihn nicht umprogrammieren?

Wie umprogrammieren?

Zum Beispiel »ich fühle mich kacke«, statt »ich bin Kacke«.

Oder einfach »ich kacke«, schlug der Wissenschaftsstadtrat vor.

Erwin, sagte der Täufer. Halt's Maul.

Ich Kacke kacke Kacke, sagte Kakow.

Telemilch, tu etwas.

Der Stadtrat für Telekommunikation und Milchkunde stellte sich vor Kakow auf, blickte ihm starr in die Augen.

Ein Präsident kackt nicht, sagte er. Du bist der Präsident, du stehst darüber.

Ich stehe über meiner Kacke, sagte Kakow folgerichtig.

Du bist zu gut zum Kacken.

Ich kacke zu gut.

Wir haben ein Problem, stellte der Kulturstadtrat fest. Bis Telemilch das wieder hingebogen hat, kann kein Kontakt zum Double aufgenommen werden. Der hört nur auf den echten Präsidenten.

Womöglich erwärmt er sich für Kakows rektalen Status, warf der Wissenschaftsstadtrat ein.

Erwin, sagte der Täufer. Halt's Maul.

Albert, der Philosophiestadtrat, hatte die ganze Zeit über aus dem Fenster gesehen.

Lissi ist wieder da, sagte er. Sie sitzt am Rathausbrunnen mit einem anderen Mädchen. Es hat niedliche Hörner und einen Schwanz.

Du bist sicher, es ist ein Mädchen?, fragte der Täufer.

Da kommt eine Gruppe Männer mit einer Frau, fuhr Albert fort. Es sind Franziska, Willi, Günther, Spüli, Geburti und zwei Unbekannte. Das sieht man nur noch selten in der vereinzelten Welt.

Was meinst du mit »vereinzelte Welt?«, Philosophiestadtrat.

Wir lösen uns aus Bindungen, flüchten in eine »eigene Welt«, was immer das sein mag. Das erlöst uns vom Mitfühlenmüssen, Regeln gelten nur noch bedingt, doch es führt auch dazu, dass wir unsere Probleme allein tragen und lösen müssen, schlimmstenfalls resultiert es in Vereinsamung. Erzherzog Willi ist gefährdet, zu vereinzeln. Franziska ist immun, er/sie ist bescheuert, das macht glücklich.

Er/sie war BürgermeisterIn, du könntest respektvoller von ihm/ihr reden.

Warum nennen wir Franziska nicht »es«? Dann brechen wir uns nicht die Zunge, schlug der Wissenschaftsstadtrat vor.

Das Franziska hat seine eigene Intelligenz, die fernab jeder Klugheit nichts mit Verstand zu tun hat.

Das Franziska versteht, sich überall rauszuwinden, sagte der Täufer. Dadurch erreichte es seinen Posten. Sich auf etwas zu verstehen, ist Verstand, schon rein semantisch betrachtet.

Es vermochte sich aber nicht zu halten, sagte der Kulturstadtrat. Wir haben es abgesetzt, kurzum.

Albert trat vom Fenster zurück.

Es hat heraufgeschaut, sagte er.

Es sehnt sich nach seinem Posten, bemerkte der Täufer. Da kann es sich lang verzehren. In der Räterepublik gibt es keinen Meister der Bürger. Bürger meistert man nicht, man dient ihnen.

Aber Hansi!, sagte der Kulturstadtrat. Wir wollten doch Ferrari fahren.

Ich spreche doch nur vom Prinzip, von der Idee. Natürlich fahren wir Ferrari. Du verstehst nichts von Ideologien. Albert wird dir bestätigen, in der Ideologie steckt die Idee. Die Idee ist ein abstraktes Gebilde. Die Abstraktion ist Vereinfachung des Gegenständlichen bis zur Unkenntlichkeit – im Gegensatz zum Informellen, das von vornherein nur formlos sein will. Erst wenn die Idee unkenntlich ist, sich bis hin zum Ferrarifahren vereinfacht hat, ist sie gerechtfertigt. Wir sind eine Bande verdammter Ideologen.

Gut. Ich dachte schon …

Unsere Grundsatztreue ist absolut.

Nach einer kurzen Pause meldete sich Albert zu Wort.

Jetzt ist alles voller junger Menschen, sie kommen von überallher, stürmen die Würstchenbuden.

Die Jugend kehrt zurück, sagte der Täufer. Schade.

Sollen wir runtergehen?, fragte Albert.

Was willst du denn da unten?, fragte der Täufer.

Ich möchte mit den andern Stadträten spielen.

Wir spielen nicht mehr mit den andern. Sie sind der Volksfeind.

Sind wir das nicht auch?

Nicht so laut! Man könnte dich hören. Du hast das mit der Abstraktion nicht verstanden. Chaos, Nebelgranaten, potemkin'sche Dörfer, Scheinargumente, Ausreden … das sind unsere Waffen.

Wir lügen?

Jetzt hast du es begriffen.

Wir lassen Willi nicht mehr die ganze Arbeit für uns erledigen?

Da spricht Albert eine wichtige Sache an, sagte der Wissenschaftsstadtrat. Erzherzog Willi hat immer alles getan, wir haben ihn kritisiert, so war die Abmachung.

Es gibt nichts mehr zu tun, sagte der Täufer. Wir haben die Macht.

Bist du sicher, dass du das richtig verstehst?, fragte der Kulturstadtrat seinen Bruder. Despoten, die ihr Volk nicht mehr mit dem Nötigsten versorgen, werden gestürzt. Wir müssen zumindest die zweite Führungsebene, die Generäle, die Konzernbosse und so weiter, befriedigen.

Wird ein Gutschein für ein gewisses Haus reichen?, wollte der Stadtrat für Alles-was-es-zur-Räterepublik-zu-wissen-gibt-Dinge wissen, der vor einer Minute den Raum betreten hatte.

Diese Art der Befriedigung war nicht gemeint, zumindest nicht vordergründig.

Das findet doch meist im Hintergrund statt, sagte Albert. Ein dunkles Zimmer, schwere Düfte …

Stopp!, sagte der Täufer. Ich gebe zu, ich habe das vereinfacht wiedergegeben.

Bis zur Unkenntlichkeit vereinfacht, zitierte Albert sein Gegenüber. Eine abstrakte Idee – Ideologie, also Lüge. Jetzt verstehe ich es.

Ach, Albert, stöhnte der Täufer. Geh runter, spiel mit den andern.

Au fein!, rief Albert, klatschte in die Hände und lief los.

***

Im Oval Office wurde Mingus der Präsidentin in Handschellen vorgeführt.

Ihr könnt gehen, sagte sie zu den Wachen.

Aber, Madam President ..., sagte einer von ihnen.

Ist schon in Ordnung. Er ist in Handschellen. Was kann er schon groß tun?

Sehr wohl, Madam President. Die Wachen zogen sich zurück.

Twinklestar lief eine Runde um Mingus. Danach lief sie noch eine Runde.

Was hast du dir dabei gedacht?, sagte sie.

Sieh de Lilien aouf de Felde, sagte er. Se nix säen ...

Hier gibt es keine Lederhosen. Stell dich nicht dumm. Rede!

Es war ein Missverständnis.

Ein Missverständnis! Du hast die Lincoln-Statue gestürzt, das Washington Monument geteert und gefedert. Missverständnis?

Sykowsky hat mich angestiftet.

Schieb nicht die Verantwortung ab. Sykowsky hat alles gestanden. Du hast seine Familie bedroht, darum hat er dir bei dem Attentat geholfen. Der Mann hat eine vierjährige Tochter. Du Monster!

Aber ... Kakow ... die Grazer ... ich will zu meiner Mama.

Du wirst einige Jahre fern von deiner Mama verbringen. Es gibt Bestrebungen, dich wegen Hochverrats zu verurteilen, das könnte auch mit deinem Todesurteil enden.

Sykowsky sagte, ich bekomme einen SUV von Kakow, wenn ich ihm helfe. Dann haben die Grazer den russischen Präsidenten als Geisel genommen, plötzlich waren die unsere neuen Auftraggeber. Sykowsky hat gar keine Kinder – Kriegsverletzung.

Vom Geld, das du hier verdienst, kannst du dir doch jeden Monat einen neuen SUV leisten.

Sie wissen ja nicht, was das Machodasein kostet. Allein mein Friseur nimmt mir mein halbes Gehalt ab.

Das ist natürlich schlimm. Ich gebe zu, der Mann ist sein Geld wert. Deine Haare sind stets tipptopp. Ich bin geneigt, dir zu glauben. Du hast eine bessere Figur als Sykowsky und, wie gesagt, die Haare ... Ich werde Sykowsky hinrichten lassen.

Sie sind ein Engel.

Warum wollten die Grazer Washington und Lincoln demütigen?

Das hat mir Sykowsky nicht gesagt.

Du bist schon ein seltener Idiot. Du riskierst dein Leben, weil dir einer einen SUV verspricht, den du dir leicht leisten könntest, wenn du nur einen Friseurtermin ausfallen ließest. Du bist verrückt.

Aber süß, nicht?

Ach, du weißt, wie mich das anmacht, Mingus. Gib zu, du hast das nur getan, um mich anzutörnen.

Ich würde den Kongress in die Luft jagen, um meine Präsidentin glücklich zu machen.

Du errätst meine geheimsten Wünsche. Über die Sache mit dem Kongress reden wir noch. Wachen!

Die Begleiter Mingus' betraten den Raum.

Nehmt ihm die Handschellen ab, sagte Präsidentin Twinklestar.

Ich muss protestieren!, sagte der Sprecher der Wachen.

Brav. Edel gesprochen. Du hast deinen Job getan. Jetzt mach ihm die Dinger ab. Der Mann führte den Befehl aus. – Gut. Jetzt geht. Ab mit euch!

Die Wachen gingen ab. Mingus stand mit hängenden Schultern vor der Präsidentin. Sie drehte noch zwei Runden um ihren Berater.

Das Ei, sagte sie. Was ist damit?

Es existiert nicht. Wir wurden aus Österreich weggelockt. Die übrigen Länder der Welt scheinen es als Einmischung zu verstehen, wenn wir ihnen alles wegnehmen, sie niederbomben oder eine Regierung nach unserem Geschmack einsetzen.

Etwas pingelig von der Welt, findest du nicht?

Ich weiß auch nicht, was mit denen los ist, aber so sind die nun einmal. Ein Engel hätte sich in der 20th Street, Washington D. C. gut gemacht, neben dem Adler auf der Federal Reserve. Ein Touristenmagnet und Beweis, die Vereinigten Staaten sind gottgewollt und gesegnet.

Die Präsidentin kniff die Augenlider zusammen.

Dir ist klar, ich muss dich bestrafen. Du warst ein ganz, ganz unartiger Junge. Du wirst dir meine Verzeihung verdienen. Los, auf den Resolute Desk!

Fünfundvierzig Minuten später rauchten Mingus und Patricia Twinklestar Filterzigaretten, streiften ihre Kleider zurecht. Mingus blies ein paar Rauchringe, dann wandte er sich an die Präsidentin.

Die beste Möglichkeit, weitere Unannehmlichkeiten von Seiten der Grazer Stadträte zu vermeiden, wird die Anerkennung der Räterepublik sein.

Ist die Räterepublik nicht ein linkes Konstrukt?

Wenn juckt's.

Unsere Progressiven würden sich bestärkt sehen.

Wir hassen unsere Progressiven. Sie haben nur die Funktion, an allem Schlechten die Schuld zu tragen, dazu taugen sie.

Auch Sündenböcke brauchen Fellpflege. Aber egal. Die Grazer Räte verstehen die Räterepublik so, dass die Räte die Republik sind, unabhängig von störendem Menschenmaterial. Also sind sie ein Diktatorenkollektiv. Wir hatten noch nie Probleme damit, Diktatoren anzuerkennen und mit ihnen zu kooperieren. Kleine Auswahl: Augusto Pinochet, Idi Amin, Saddam Hussein, Muammar al-Gaddafi …

Schon gut. Ist es nicht ein Merkmal der Diktatur, von einer einzelnen Person ausgeübt zu werden?

So kennen wir das, es ist aber nicht notwendig. Wer das Diktat ausübt, ist nicht festgelegt. Auch in der Schule könnten prinzipiell mehrere Lehrer ein Diktat sprechen, jeder einen Satz, es bliebe dennoch bloß ein Diktat, das die Schüler niederschrieben.

Übt dann nicht jede Regierung ein Diktat aus?

Natürlich nicht. Es gibt Checks and Balances. Exekutive, Jurisdiktion und Legislative kontrollieren einander.

Ach, Mingus, mein unschuldiger Junge. Du glaubst an unsere eigene Propaganda, das ist süß. Wir arbeiten doch zusammen gegen das Volk. Du solltest wirklich langsam erwachsen werden. Na gut, weil du so unschuldige Augen machst, werde ich diese lästige Räterepublik anerkennen. Was tun wir nun mit Sykowsky?

Ernennen Sie ihn zum Grazer Sonderbotschafter. Er soll sich mit den verrückten Wilden herumschlagen. Das ist Strafe genug.

Was täte ich nur ohne deinen Rat! Da fällt mir ein, du bist auch ein Berater, also ein Rat. Wirst du hier auch eines Tages eine Räterepublik ausrufen.

Das wäre kontraproduktiv. Ein Rat hat mehr Macht, wenn er berät, Madam.

Ich weiß nicht. Vielleicht sollte ich doch besser dich nach Graz schicken. Sykowsky stellt eine geringere Gefahr für mich da, sein Friseur ist ein Hungerleider.

***

Albert, der Philosophiestadtrat, lief auf den Rathausplatz. Die ehemaligen Stadträte standen nicht mehr am Brunnen, sie hatten sich unter die Junkies an den Würstchenbuden gemischt. Dido von Woanders spielte eine Melodie zur Flöte, inspiriert von einem Riff aus einer Komposition Frank Zappas. Interessanterweise warfen seine Jünger ihrem Guru nicht viele Münzen zu. Glaube war die eine Sache, Geld die andere. Günther referierte gerade zu diesem Thema.

… wäre es völlig falsch den Sektenführer mit materiellen Versuchungen zu locken, sagte er. Das war von jeher das Problem bei erfolgreichen Glaubensvereinigungen. Der oberflächliche Beobachter mochte meinen, der Sektenführer nutze seine Jünger aus, wenn er sich jährlich einen neuen Rolls Royce schenken ließ. Nichts könnte ferner von der Wahrheit sein. Der arme Mann wurde von den religiösen Halbstarken genötigt, der Teufel – der Macht des Mammons gewiss – bleckte seine Zähne in ihren unschuldigen Gesichtern. Liebt ihr Dido von Woanders, so haltet ihn kurz, ja, lasst ihn hungern, wie der Herr in der Wüste gehungert hat.

Welcher Herr?, fragte einer der Jugendlichen.

Der Herr der Fliegen, du Prolet, sagte ein anderer.

Der Herr der Ringe, wusste ein Weiterer.

Egal, sagte Günther. Das spielt für das Prinzip keine Rolle.

Dido von Woanders hob die Hand.

Bitte, sagte er. Ich!

Was willst du?

Ich bin nicht der Meinung, ich sollte hungern.

Sei mir nicht böse, aber davon verstehst du nun wirklich nichts. Du bist nur der Guru.

Ich bin Straßenmusikant.

Ach ja? So plötzlich?

Das war ich doch immer.

Seht ihr, der Teufel glänzt bereits in seinen Augen, er zwingt ihn, zu lügen. Helft ihm. Nehmt ihm alles außer seiner Flöte.

Die Jugendlichen taten wie geheißen. Albert war beeindruckt, wie sehr die Beförderung Günthers vom Wissenschaftsstadtrat zum Stadtrat für Alles-was-mit-Willi-zusammenhängt-oder-auch-nicht-Angelegenheiten das Bewusstsein des Kollegen erweitert hatte. Dido von Woanders saß nun mit den Händen im Schoß nackt auf dem Brunnenrand. Er weinte.

So ist es gut, sagte Günther.

Solange er seinen Schoß bedeckt, wagte Albert einzuwerfen, kann er nicht zur Flöte spielen.

Das ist ein willkommener Nebeneffekt, sagte Günther.

Gib zu, es ist der Haupteffekt, argwöhnte Willi. Du benutzt die jungen Menschen.

Tut das nicht jeder?, erwiderte der Stadtrat für Alles-was-mit-Willi-zusammenhängt-oder-auch-nicht-Angelegenheiten. Dazu ist doch die Jugend spätestens seit den Sechzigern da.

Touché.

Albert erkundigte sich, warum die ehemaligen Stadträte sich den Jugendlichen angeschlossen hätten und warum jene zurückgekommen seien. Es stellte sich heraus, Heuschrecken waren nicht mehr »in«. Die Jungen berichteten angeblich von Bewusstseinsveränderungen durch den Wechsel der Droge. Ja, einige behaupteten, Lissi und Lotti nicht mehr sehen zu können.

Sie erblinden von der minderwertigen Wurst, stellte Albert fachkundig fest.

Sie sehen alles, sagte Willi. Nur die beiden Mädchen nicht. Das heißt, manchmal materialisieren sie sich halbtransparent. Einer beschrieb es wie das Beamen auf der Enterprise.

Scotty, Allergie!, rief Albert.

Energie, sagte Willi. Wir haben beschlossen, ebenfalls einen Entzug zu versuchen, Cold Turkey, sozusagen. Ich habe da einen Verdacht.

Du verdächtigst die Heuschrecken? Sie sind tot.

Es ist viel komplizierter, zu kompliziert für dein Gehirn.

Gott sei Dank, ich dachte schon, ich müsste daran denken zu denken.

Niemand würde das von dir verlangen.

Ihr seid echte Freunde.

Apropos Freunde, sagte Willi. Was läuft eigentlich im Stadtrat oder wie immer ihr euch jetzt nennt.

Nur noch Rat. Das ist bestimmt geringer als Stadtrat, die Stadt ist weg. Wir sind ja auch nicht mehr so viele.

Mich interessiert vor allem der Täufer. Kann es sein, er hat eine gewisse Führungsrolle übernommen?

Wir sind alle gleichberechtigt, er sagt nur, was wir zu tun haben.

Er hat damals damit begonnen, Heuschrecken zu essen, ist das nicht richtig?

Na klar, das weißt du doch am besten, du hast als Erster mit ihm gesprochen.

Das Taufen liegt ihm offensichtlich nicht mehr am Herzen. Denkst du nicht, es könnte in seiner Absicht gelegen haben, die Jungen aus der Stadt zu schaffen?

Unsinn, es sind doch seine Freunde … obwohl–

Obwohl was?

Als sie einmarschierten, fand er das »schade«. Komisch.

Die Jugend lässt sich nicht so leicht politisch überrumpeln, sagte Willi. Sie sind kritischer.

Franziska gesellte sich zu den dreien.

Ich hörte das Wort Politik, sagte sie. Es geht um mich.

Nö!, tönte es aus drei Kehlen.

Ihr solltet von den Käsekrainern probieren, sagte die ehemalige Bürgermeisterin. Sie machen mich so … ich weiß nicht wie.

Hattest du schon von der Frucade?, fragte der Kellner, er trat zu ihnen. Sie hat eine besondere Wirkung. Seht!, sagte er, zeigte auf Lissi und Lotti, die an einer der Buden lehnten, ihre Sonnenbrillen zurechtrückten.

Sie sind ultracool, sagte Günther. Warum kann ich das nicht?

Du weißt zu viel, erklärte Willi. Das sage ich dir andauernd. Sowas zieht deinen Coolnessfaktor runter.

Ich glaube, sie hatten zu viel von der Frucade, sagte der Kellner. Lotti wankt schon etwas. Ist ein Hammergesöff.

Sprechen wir sie an, schlug Willi vor.

Die Politiker näherten sich den Wesenheiten. Die beiden Gestalten reagierten erst nicht auf die Fragen der Stadträte, schließlich meldete sich Lotti zu Wort.

Ihr werdet alle sterben, sagte sie.

Ja ja, entgegnete Willi. Wir wissen. Was liegt sonst an?

Nichts weiter.

Gut. Gibt es einen Grund, in der Form symbolisch so stark vorbelasteter Figuren zu erscheinen? Engel und Teufel sind kaum eine zufällige Wahl.

Wir erscheinen nicht, sagte Lissi. Ihr seht, was ihr sehen wollt. Wir verkörpern ein Prinzip.

Das ist unschwer zu erraten: gut und böse. Aber ich schlucke das so nicht. Warum sehe ich dasselbe wie Albert und Franziska? Wir haben doch nicht alle dieselben Bilder dazu im Kopf.

Das Bild setzt sich aus euer aller Fantasie zusammen. Findet selbst heraus, warum es so kitschig ist.

Das ist keine Antwort.

Sollte es auch nicht sein. Wir geben keine Interviews. Lasst euch einen Termin von unserer Sekretärin geben.

Ihr habt keine Sekretärin.

Darum meldet sich also keiner. Das ist aber ärgerlich. Was meinst du, Lotti?

Mir ist nicht gut, sagte die Angesprochene. Sie reckte sich, als wolle sie sich übergeben.

Zuviel Frucade, sagte Albert. Eine Überdosis. Pur.

Dem Dealer müsste man das Handwerk legen, sagte der alte Kellner. Wer ist es?

Die Gitti vom Getränkestand, sagte Albert. Die hatte ich immer schon im Verdacht. Sie ist skrupellos. Die bietet unter der Budel sogar Schartner Bombe feil.

Das organisierte Verbrechen in dieser Stadt nimmt überhand, bemerkte Willi. Wo bleiben die Maßnahmen der Räteregierung?

Sie bestellen bereits die Ferraris, keine Sorge.

Willi atmete auf.

Na, da bin ich ja beruhigt. Alles wird gut.

Lotti setzte sich auf den Boden. Das heißt, Albert sah, wie sie sich auf den Boden setzte, Günther bestritt es, er behauptete, sie habe sich in Luft aufgelöst. Zwei Studenten bestätigten seine Beobachtung.

Hier ist etwas faul, sagte Willi. Er sah dasselbe wie Albert.

In diesem Moment kämpfte sich der Zeitungsausträger durch die Menge.

Noch eines!, rief er. Ein Ei auf dem Jakominiplatz.

Minuten später begutachteten die ehemaligen Stadträte und Albert, der einzige Stadtrat im Amt, das Ei auf dem Jakominiplatz. Es war deutlich kleiner als seine Vorgänger. Man kam überein, es beherbergte einen Säugling oder ein kleines Haustier. Der Unterschied sei gering, entschied Willi. Das Gebilde war etwa fünf Meter hoch und sechs bis sieben Meter lang. Sie wussten mittlerweile, es konnte nicht allzu schwer wiegen.

Eine Menschenmenge bildete sich rund um Frau Ingenieurin Gertrude, wie Willi das ovale Gör taufte – ein kühner Vorgriff, bedachte man, es mochte ein männliches Kaninchen aus dem Ei schlüpfen.

Ihr könnt beruhigt nachhause gehen, sagte Willi. Die Erfahrung lehrt uns, der Schlupf dauert ein bis zwei Tage.

Die Menge lichtete sich langsam.

Was nun, fragte Franziska.

Wir sperren den Platz, sagte Willi. Keiner kommt dem Ding zu nahe. Ich lasse zwei Kräne und Straßenbahnachsen mit Stahlrädern anliefern. Wir schaffen es weg.

Wohin?

Zum Zentralfriedhof. Dort liegen nur Menschen, die nicht betroffen sind … hoffe ich. Oder in den Leechwald.

Was soll das?

Etwas geschieht mit uns, wenn sich beim Aufbrechen des Eis die Staubwolken ausbreiten. Ich habe den Verdacht, wir werden unter Drogen gesetzt.

Aber Willilein, sagte Franziska. Beim Schlupf standen doch nicht alle nahe dem Ei. Wie hätte es denn die anderen erfasst?

Das weiß ich noch nicht. Vielleicht wird es über den Wind verteilt, vielleicht hat es auch mit einer Infektion zu tun. Ein halluzinogener Virus.

Wir könnten Masken tragen.

Das ist womöglich nicht ausreichend. Aber wir werden diejenigen, die am Abtransport arbeiten, in Schutzanzüge stecken und mit Gasmasken ausrüsten.

Hältst du das nicht für übertrieben? Das kostet …

Du bist nicht mehr Bürgermeisterin, mach dir keine Gedanken ums Budget.

Du hast recht. Schafft goldene Gasmasken her!

Frauen sind doch angeblich vernünftiger als Männer. Bei dir hatte der Schlag nicht diese Wirkung.

Ist das ein Lob oder eine Beleidigung?

Das liegt bei dir.

Also ein Lob. Gut! Ich verdiene es, gelobt zu werden.

***

Ich verstehe nicht, sagte Mingus, warum die Präsidentin meinte, sie müsse mir ihr Double zur Begleitung geben.

Ich kann Ihnen das nicht beantworten, sagte Madam Fake-President. Ich befolge auch nur Anweisungen. Ich werde Ihre Arbeit als Sonderbotschafter nicht behindern. Angeblich ist mein Auftrag, dessen Details ich noch nicht kenne, befristet.

Na gut. Sie sehen der Präsidentin wirklich zum Verwechseln ähnlich. Selbst ich wäre beinahe darauf hereingefallen. Ein wenig lustiger um die Augen sind Sie vielleicht, haben ein bisschen mehr Schwung im Gang, nichts, was Sie einem anderen verraten würde.

Jahrelanges Training, OPs, angeborene Gemeinsamkeiten – mein Beruf besteht aus Ähnlichkeit und Staatsgeschäften. Letzteres ist ein Leichtes im Vergleich.

Es heißt, während der Abwesenheit der echten Präsidentin habe die Wirtschaft einen Schub erlebt, die Friedensgespräche im Norwegisch-Dänischen-Krieg kamen wieder in Gang, trotz der Einmischung der Schweden. Die Frage, wessen Wikinger die Grausameren waren, wird wohl nie gelöst werden. Sie haben den Begriff »blonder Krieg« geprägt, ein zarter Hinweis auf das Luxusmotiv für eine bewaffnete Auseinandersetzung. Sie haben die Kampfhähne beschämt. Jetzt hocken sie in ihren Tennen, schmollen. Es ist kein Schuss mehr gefallen.

Dazu gehörte nicht viel.

Nur der Wechsel der Staatsführung.

Madam Twinklestar ist die gewählte Präsidentin, ich vertrete sie nur in wenigen Situationen.

Der Kabinettschef hat angedeutet, er fände in schwierigen Situationen stets einen Grund, die Präsidentin anderweitig zu beschäftigen, damit Sie die Staatsgeschäfte leiteten.

Das war bestimmt nur ein Scherz. Worin besteht Ihre Aufgabe als Sonderbotschafter?

Weit weg von Washington D. C. zu sein.

Und was gedenken Sie hier zu tun?

Beobachten, die Lage checken, dann wird man weitersehen. So, wir landen auf dem Marahilferplatz. Machen Sie sich zum Ausstieg bereit.

Madam Fake-President entstieg dem Fluggerät erst, nachdem die Rotoren stillstanden – sicher ist sicher.

Auf dem Rathausplatz angekommen, sahen sie eine Gruppe von Männern in Steireranzügen und einen in Nadelstreif unter dem Portal des Rathauses hervortreten.

Das sind die regierenden Räte, sagte Mingus. Der im Nadelstreif kommt mir auch bekannt vor, ich kann ihn aber nicht zuordnen.

Es ist Kakow, sagte Madam Fake-President. Der russische Präsident.

Die Männer steuerten an ihnen vorbei.

Kakow wandte sich an die falsche Präsidentin.

Ich bin Kacke, sagte er. Ich kacke zu gut.

Sehr erfreut, sagte Madam Fake-President. Ich bin überzeugt, man kann nicht zu gut kacken. Aber vielleicht erörtern wir dieses Thema ein anderes Mal.

Kakow schien gar nicht zugehört zu haben, er ging schnurstracks weiter, die Stadträte folgten ihm, dirigierten ihn sanft.

Hier stimmt etwas nicht, sagte Mingus. Wir folgen ihnen.

Ich möchte mich nicht noch einmal mit diesem Mann unterhalten müssen, sagte die falsche Präsidentin.

Sie haben das doch sehr gut gemacht. Sie sind schlagfertig.

Alles eine Frage des Trainings.

Der russische Präsident erklärte auf seinem Weg durch die Herrengasse einer Reihe von Passanten, er sei Kacke. Das schien ihm ein Anliegen zu sein.

Bald erreichten sie den Jakominiplatz, standen vor einer Umzäunung.

Bitte zurücktreten!, sagte ein Mann in fantasievoller Uniform. Hier wird eine Amtshandlung durchgeführt.

Die Stadträte protestierten. Was eine Amtshandlung sei, bestimmten sie. Der Beamte zeigte sich verwirrt. Letztlich ließ er die Politiker auf den Platz. Mingus und Madam Fake-President mischten sich unter sie.

Warum wurde uns nicht gemeldet, dass es ein weiteres Ei gibt?, fragte der Täufer einen Mann im Schutzanzug. Und warum spielen sie Astronaut?

Der Bürgermeister wurde verständigt, antwortete der fast Bewegungsunfähige.

Es gibt keinen Bürgermeister, sagte der Kulturstadtrat. Sind Sie blöd oder was!

Aber … ich …

Das ist bestimmt Erzherzog Willis Werk, bemerkte der Stadtrat für Telekommunikation und Milchkunde. Er stiftet Verwirrung. Der frischgebackene Aristokrat versucht, die Macht wiederzuerlangen.

Ein weiterer Mann in Designeruniform trat hinzu.

Ich muss Sie bitten, zurückzutreten.

Wir treten nicht zurück, sagte der Kulturstadtrat. Wir haben die Macht eben erst übernommen.

Er meint, du sollst aus dem Weg gehen, sagte sein Bruder.

Zwei Kräne hoben das Ei an, wuchteten es auf ein notdürftig zusammengeschweißtes Fahrgestell. Das Konstrukt stand auf den Straßenbahnschienen. Mit Gurten und Stützen fixierte man das Transportgut, danach wurde eine Straßenbahn herangefahren.

Ich verlange eine Erklärung, sagte der Täufer zu dem Uniformierten.

Das Ding wird mit der Linie 1 nach Mariatrost gebracht und im Leechwald gesprengt.

Auf wessen Befehl?

Auf Befehl des Erzherzogs. Gefahr ist im Verzug, das Objekt ist gefährlich.

Was sagte Günther dazu?

Wer ist Günther?

Der Stadtrat für – was ist er jetzt? – Alles-was-mit-Willi-zusammenhängt-oder-auch-nicht-Angelegenheiten, der frühere Wissenschaftsstadtrat.

Ach der, der sagt, Willi spinnt.

Er hat recht, sagte der Täufer. Hören Sie auf ihn.

Ach wissen Sie was, sagte der Uniformierte, ich bin altmodisch. Wenn der Erzherzog sagt: »mach das so«, dann mache ich es so. Nennen Sie mich einen Nostalgiker.

Ich nenne Sie einen Idioten, brüllte der Kulturstadtrat.

In diesem Moment fuhr die Straßenbahn an. Mingus erkannte im Innern des Fahrzeugs das Gesicht Willis. Er war in Begleitung weiterer Personen, eine davon war Franziska.

Ich bin Kacke, sagte Kakow.

Wir müssen hinterher, flüsterte Mingus Madam Fake-President zu. Es ist unser Ei.

Ist es nicht, entgegnete die falsche Präsidentin. Ich stimme der Einschätzung zu, das Ei sollte zerstört werden. Womöglich ist dieser Erzherzog Willi der Einzige, der weiß, was er tut.

Aber das wäre doch Mord. Aus dem Ei schlüpft bald ein kleines Mädchen.

Erstens ist Abtreibung im Gegensatz zu allem, was die Republikaner sagen, kein Mord. Zweitens bezweifle ich, dass es sich um ein kleines Mädchen handelt.

Ich habe selbst zwei davon gesehen.

Ist Ihnen nie in den Sinn gekommen, jemand könnte wollen, dass Sie etwas sehen, das gar nicht existiert?

Warum sollte mir irgendetwas in den Sinn kommen? Ich bin schön.

Ich verstehe.

Der Kulturstadtrat bemerkte die Frau hinter ihm.

Madam President, sagte er. Welche Ehre! Lassen Sie sich nicht zu falschen Rückschlüssen verleiten. Wir haben alles fest im Griff. Die Räterepublik ist fix installiert, wartet nur noch darauf, auch von Ihnen bestätigt zu werden.

Ich bin Kacke, warf Kakow ein.

Sie sollten wissen, sagte die falsche Präsidentin, wir haben keine große Freude mit kommunistischen Systemen.

Wir sind Kommunisten?, fragte der Stadtrat für Alles-was-es-zur-Räterepublik-zu-wissen-gibt-Dinge.

Dann bin ich raus.

Das kann nur ein Irrtum sein, meinte der Kulturstadtrat.

Natürlich ist die Räterepublik ein linkes Konstrukt, sagte der Täufer. Aber wir haben ihm einen konservativen Dreh gegeben. Wir konzentrieren uns auf Ferraris.

Das klingt allerdings vernünftig, stellte die Überseepolitikerin fest. Ich werde mir euer Programm näher ansehen.

Das ist unser Programm, sagte der Gesundheitsstadtrat. Es wurde in einer konspirativen Sitzung beschlossen.

In einer konstituierenden Sitzung, berichtigte der Stadtrat für Alles-was-es-zur-Räterepublik-zu-wissen-gibt-Dinge.

Egal, es wurde beschlossen.

Mingus verstand nur Straßenbahnhaltestelle, er fürchtete um seine Frisur, da Wind aufkam.

Wir bleiben also hier?, fragte er.

Wir unterhalten uns mit dem russischen Präsidenten, sagte Madam Fake-President.

Ich bin Kacke, sagte Kakow.

Das erwähnten Sie bereits, entgegnete die Politikerin. Wenn wir davon einmal absehen, fühlen Sie sich wohl?

Ich fühle mich kacke.

Wie kommt es, dass ich Sie gestern im TV sah?

Falsche Kacke.

Ihr also auch. Unser lieber Mingus hier hält mich für ein Double der echten Präsidentin. Er weiß nicht, er vergnügt sich bereits seit Jahren mit der Falschen. Wir nutzen sie in erster Linie zur Aufdeckung von Doppelagenten.

Doppelkacke.

Sein Komplize Sykowsky – Sie verwenden ihn als Spitzel – ist ein politischer Wirrkopf. Mingus hingegen ist ein Idiot. Manchmal ist ein Idiot auch nützlich. Wir pflegen unsere Idioten.

Pflegekacke.

Richtig. Ich kenne Ihren Wissensstand nicht. Wir haben einiges herausgefunden, was den Ursprung unserer Differenzen betrifft. Es waren immer schon die Deutschlandsberger. Sie haben den Westen gegen den Osten aufgebracht und umgekehrt.

Umkehrkacke.

Sie ahnten das bestimmt schon.

Ich bin Kacke.

Kann jemand die Fäkalsprache abstellen?, fragte Madam President in die Runde.

Telemilch, sagte der Kulturstadtrat, der Stadtrat für Telekommunikation und Milchkunde ist unser Genie auf diesem Gebiet.

Die Präsidentin wandte sich dem Rat zu.

Herr Telemilch, wenn Sie bitte so freundlich wären …

Ich fürchte, erwiderte der Angesprochene, mir ist ein kleiner Fauxpas passiert, eine Unpässlichkeit sozusagen.

Ich höre!

Also, es ist folgendermaßen: Die Verquickung von Stammhirn und Großhirnrinde über die sogenannte Brücke ...

Sie haben ihn ausgeknipst wie eine Taschenlampe.

So burschikos würde ich mich nicht ausdrücken; seine interneuronalen ...

Halt's Maul, Erwin, sagte der Täufer. Ich kann helfen. Im Rathaus wartet der неправильный-Präsident, der falsche russische Präsident. Er hat Lunte gerochen, ist nach Österreich gekommen, persönlich zu überprüfen, wie es seinem Original geht. Er wird der amerikanischen Präsidentin mehr erzählen können. Er deutete mir gegenüber bereits an, einen Atomkrieg gegen Deutschlandsberg ins Auge gefasst zu haben.

Das wäre unverantwortbar, sagte die nun doch echte Präsidentin. Deutschlandsberg würde zeitgleich seine größte Eierbombe zünden, uns alle in heuschreckenfressende Idioten verwandelten, die mit Engeln sprächen.

Der Gesundheitsstadtrat hatte von einem zum anderen blickend das Gespräch verfolgt. Er hob die Hand.

Bitte – ich!

Was willst du schon wieder, fragte der Kulturstadtrat.

Sprechen wir nicht mehr mit Lissi und Lotti?

Es gibt keine Lissi noch Lotti.

Ich sehe sie aber doch.

Du bist ein Idiot.

Ist er nicht, wandte der Stadtrat für Telekommunikation und Milchkunde ein. Er hat nur eine höhere Dosis abbekommen oder derlei. Ich selbst sehe nur noch die Schatten der beiden.

Ich muss zu meiner Schande eingestehen, sagte der Kulturstadtrat, ich sehe Lotti noch recht deutlich, Lissi erscheint wie auf einem doppelt belichteten Foto.

Erwin?, sagte der Täufer.

Der Wissenschaftsstadtrat räusperte sich.

Eine Doppelkupplung besteht aus zwei koaxialen Kupplungen, welche zu getrennten Wellen zu schalten vermögen. Die Gänge verteilen sich auf die Vollwelle und die Hohlwelle derart, dass auf der einen die ungeraden …

Erwin, halt's Maul!, sagte der Täufer.

Mir fehlt Günther, sagte der Kulturstadtrat. Der redete auch nur Unsinn, aber der hatte zumindest Bezug zum Thema.

Apropos, fiel die echteste aller Präsidentinnen ein. Wo finde ich den vielgepriesenen Willi?

Er war in der Straßenbahn, sagte der Gesundheitsstadtrat.

Ich bin Kacke, sagte Kakow.

Wir sollten zum неправильный-Präsidenten aufbrechen, bemerkte der Wirtschaftsstadtrat.

Im Rathaus befand sich eine Abstellkammer, die diversen Putzutensilien und speziellen Staatsgästen vorbehalten war. Der falsche russische Präsident hockte in pittoresker Haltung zwischen Wischmopp und Reisbesen. Er lächelte den Kulturstadtrat an, nachdem dieser dem Gefesselten den Knebel aus dem Mund genommen hatte.

Ich hoffe, sagte der Kulturstadtrat, die Unterbringung war zu Ihrer Zufriedenheit.

Danke der Nachfrage, sagte der falsche Präsident. Es war sehr ruhig und persönlich.

Ich bin Kacke, sagte Kakow, als er sein Ebenbild erblickte.

Ich auch, sagte der falsche Präsident. Was immer Sie sind, will auch ich sein.

Copykacke, sagte Kakow.

Was ist geschehen?, fragte der неправильный-Präsident den Täufer.

Das ist eine lange Geschichte, antwortete dieser.

Davon gehe ich aus. Geben Sie eine Zusammenfassung.

Das tat der Täufer. Die amerikanische Präsidentin verfolgte die Ausführungen ebenso aufmerksam wie der falsche russische Präsident. Am Ende war allen klar, nur Deutschlandsberg konnte hinter den Eieranschlägen stecken.

Das wird diplomatische Verwicklungen nach sich ziehen, mutmaßte der неправильный-Präsident.

Deutschlandsberg wird seine besten Verhandler entsenden und wir wissen, was das heißt.

Schilcher!, riefen mehrere Stimmen zur gleichen Zeit.

Die Grausamkeit der Wilden kennt keine Grenzen, sagte Madam President, barg ihr Gesicht in beiden Händen. Was, wenn sie zu Sterz greifen? Sind wir darauf vorbereitet?

Mingus meldete sich nach dem Schock, von seiner Präsidentin als Idiot bezeichnet worden zu sein, zurück.

Niemand kann sich auf Sterz vorbereiten, Madam. Alle Versuche, ein Gegenmittel zu finden, schlugen fehl.

Eine bewaffnete Auseinandersetzung wird unvermeidlich sein, schloss die Politikerin. Mingus, verständigen Sie meinen Kabinettschef, und versuchen Sie, dieses eine Mal nichts durcheinanderzubringen.

Mingus strahlte. Ihm kam die Aufgabe zu, auf die er ein Leben lang gewartet hatte. Leider fiel ihm partout nicht ein, was er dem Kabinettschef sagen sollte. Jemand sprach von einer Doppelkupplung, nein, es ging doch eigentlich um den Wischmopp ... egal, der Kabinettschef, Charly, spräche ohnehin mit Harnishwood, dem Chefideologen, und der würde, was immer man ihm erzählte, einen atombombenbestückten B-21 Raider Bomber senden, begleitet von der halben Air Force. Darauf wartete der Mann schon ein Leben lang.

***

Die Siedlungen und Einzelgebäude im und um den Leechwald waren evakuiert worden. Zusätzlich warf man mehrere Bahnen Polyurethanfolie über das Ei, befestigte sie an Schraubfundamenten im Boden. Die ehemaligen Stadträte hatten die Straßenbahn nicht verlassen. Vor der Sprengung nahm das Fortbewegungsmittel wieder Fahrt auf. Willi hatte mehrere Schutzmaßnahmen ergriffen. Er wusste, man würde ihm für jedes Problem die Schuld zuweisen. Selbst wenn alles funktionieren würde, griffe man ihn an, weil er zu viel Geld verschwendet oder nicht schon früher reagiert hätte.

Beim Hilmteich hielt die Tram mit einem »Kling!« Alle stiegen aus dem Fahrzeug, stellten sich zu einem Zaun und pinkelten sich die Blase leer. Ein weiteres »Kling!« und die Fahrgäste kehrten in die Straßenbahn zurück. Die Pinkelpause war eine Besonderheit der Stadt Graz. Nirgendwo sonst nahm man den Kampf gegen die Inkontinenz so ernst wie in der steirischen Hauptstadt. Konnte ein Anblick erhebender sein, als etwa der Halt an der Herzjesukirche, wo die Fahrgäste sich pflichtbewusst an der Backsteinmauer des Pfarrhauses erleichterten, um beim nächsten »Kling!« des Schienenfahrzeugs geschlossen die letzte Feuchtigkeit von sich abzuschütteln und die Tram zu besteigen? Der Steirer erwies sich als geselliger und reinlicher Mensch. Franziska war in der Tram verblieben. Sie erweckte den

Eindruck, etwas zu vermissen. Egal. Willi plagten andere Sorgen. Er hatte wenig Zeit zum Überlegen gehabt, da er den Einsatz organisierte. Nun dachte er über die möglichen Zusammenhänge zwischen den Vorkommnissen der letzten Tage und Wochen nach. Seine Überlegungen führten ihn stets zum Auftauchen des Täufers zurück. Er beschloss, sich nach seiner Rückkehr intensiver mit der Vergangenheit des Mannes auseinanderzusetzen, als er das vor ihrem ersten Zusammentreffen getan hatte.

Die Straßenbahn hielt am Kaiser-Josef-Platz. Die Fahrgäste salutierten dem Monarchen – auch dies gehörte zum guten Ton in der Landeshauptstadt –, drängten den Erzherzog, eine kurze Ansprache zu halten. Willi schwadronierte über die K&K Monarchie, Backenbärte, Säbel und Rittmeister der ungarischen Husaren. Er beendete sein Referat mit einem herzlichen »Für Kaiser und Vaterland. Hoi, hoi, hoi!«, dann widmete er sich wieder seinen Grübeleien. Im Hintergrund hörte er einen entfernten dumpfen Knall.

Der Jakominiplatz konnte mittlerweile wieder durchfahren werden, so beendeten die Politiker und der Kellner ihre Fahrt am Hauptplatz. Sie gönnten sich noch einen Snack an den Würstelbuden, wo Dido von Woanders zu ihnen stieß.

Ich will Stadtrat für das andere sein, sagte er.

Das andere, was ist das?, fragte Franziska.

Alles, was anders ist.

Anders als was?

Anders als das andere.

Das klingt nach etwas, das wir brauchen. Ich werde das wohlwollend in Betracht ziehen.

Lissi und Lotti konnten nur noch von einer Handvoll Menschen gesehen werden. Man lachte über die Nachzügler. Willi machte es nachdenklich, dass der halluzinogene Effekt so unterschiedliche Wirkungsdauer aufwies.

Der Erzherzog verabschiedete sich alsbald von seinen Freunden, er hatte einen Plan. Willi suchte sein Büro im Rathaus auf, tätigte verschiedene Anrufe, setzte sich an seinen Computer, durchsuchte das Internet, schickte einen Mitarbeiter zur Universitätsbibliothek und durchforstete das Grundbuch. Am Ende verfügte er über eine Hypothese, die ihm zwingend erschien. Die Fäden liefen an einem Punkt zusammen. Jetzt hieß es nur noch, entsprechend zu handeln, die Fäden zu einem Gewebe zu verdichten, um auch andere überzeugen zu können. Zu diesem Zweck musste er sich ein weiteres Mal in die Höhle des Löwen begeben. Er fuhr, diesmal mit dem Auto, nach Deutschlandsberg. Schon den Namen dieses Orts des Schreckens auszusprechen, ließ sein Knochenmark zu Eisklumpen gefrieren.

***

Am folgenden Tag bekannte sich niemand mehr dazu, Engel oder Teufel zu sehen. Inwieweit das der Wirklichkeit entsprach, war schwierig zu entscheiden, mancher wollte vielleicht einfach dazugehören, verleugnete daher das geflügelte kleine Mädchen, das an seinen Hosenbeinen zupfte. Insgesamt konnte man in jedem Fall sagen, das Geisterbild verblasste. Die Räte fassten wieder Mut, sie würden die Krise überstehen und als Helden dastehen. Sie hatten das Staatsschiff durch die Sturmwogen der Sinnestäuschungen in den sicheren Hafen gesteuert. Doch die mentale Stärke des Täufers – bisher der Standfesteste unter den Männern – schien zu schrumpfen. Er nickte nur zu den Aussagen der anderen, duckte sich weg.

Die Bevölkerung verlangte nach Erklärungen von ihren politischen Führern.

Sag du etwas, schlug der Gesundheitsstadtrat vor, wies auf den Wirtschaftsstadtrat. Die Menschen wollen wissen, wie sich die Wirtschaft nach alledem weiterentwickeln kann. Gib ihnen eine Vision, der sie folgen können.

Eine Vision hatten sie die ganze Zeit, sagte der Wirtschaftsstadtrat. Das ist das Letzte, was sie jetzt brauchen. Diese Fata Morgana hat gereicht. Sie sollen erst einmal zur Vernunft zurückfinden – genug der Gurus, Engel und Drogen. Ich denke über eine Eiersteuer nach. In deiner Haut möchte ich jedoch nicht stecken. Als Gesundheitsstadtrat bist du für ihre Genesung zuständig. Viel Vergnügen.

Ich weiß gar nicht, was du hast. Sie machen doch große Fortschritte. Ich habe sie von ihren Halluzinationen geheilt. Man wird ein Krankenhaus nach mir benennen.

Ach, du warst das. Sieh an.

Natürlich. Wie immer hat Willi die Arbeit gemacht, und wir profitieren davon. Die guten alten Zeiten sind zurück.

Wir haben Willi gefeuert, weil er Erzherzog ist.

Er wird abdanken müssen.

Er ist kein König.

Dann sagt er einfach danke.

Wofür?

Sei nicht so pingelig. Ich bin's doch nur, der Gesundheitsstadtrat. Der Kulturstadtrat wird den Menschen einiges bieten müssen, er …

In diesem Moment trat der falsche russische Präsident in den Raum, ihm folgten der Stadtrat für Telekommunikation und Milchkunde und Kakow.

Ich bin Kakao, sagte Letzterer, setzte sich an den Tisch des Sitzungssaals.

Ist das alles, was du geschafft hast, Telemilch?, fragte der Wirtschaftsstadtrat.

Ich bin stolz, antwortete der Angesprochene, es so weit hinbekommen zu haben. Er beherrscht sogar einige Variationen.

Welche?

Lass dich überraschen.

Der falsche Kakow nahm neben dem echten Platz.

Ich werde seine Rolle dauerhaft übernehmen müssen, sagte er.

Erkennen auch Sie die Räterepublik an?, fragte der Kulturstadtrat, der eben in Begleitung der restlichen Räte den Saal betrat.

Ich denke darüber nach. Womöglich errichte ich eine Diktatur.

Was wollen Sie da errichten, fragte der Wissenschaftsstadtrat. Russland ist seit dem Tod des letzten Zaren faktisch eine Diktatur. Davor war es eine Monarchie, die dasselbe mit Krönchen ist.

So kann ich das nicht stehen lassen, sagte der falsche Kakow.

Dann legen sie es nieder.

Was?

Das Amt. Versuchen Sie eine Volksherrschaft, in der das Volk tatsächlich regiert.

Erwin, sagte der Kulturstadtrat, du bist völlig durchgeknallt. Das Volk würde sich gegenseitig zerfleischen. Es sind Bestien. Komm ihnen ja nie zu nahe! Die Idioten sind überall die lautesten. Die Menschen fordern einfache Erklärungen für Dinge, die nicht einfach sind, und rechtsextreme Parteien besetzen diese Themen mit Billig-Slogans. Lasst uns unsere Welten wieder lebensfähig machen. Die Blöcke werden wir nicht entfernen, sie sind vielleicht nötig. Die Menschen wollen den Feind auf der anderen Seite. Wie sollten wir die Guten sein, stünden auf der anderen Seite keine Bösen als Projektionsfläche unserer negativen Eigenschaften. Wir ertrügen nicht uns selbst noch einander. Eine geeinte Menschheit wäre deren Ende.

Kulti, sagte der Stadtrat für Telekommunikation und Milchkunde. Du bist noch schlimmer als Erwin. Deine Ansichten sind gefährlich. Man sollte dich an einem Ort mit schlechter Wärmedämmung gefangenhalten. Wir haben die Pflicht, die Macht zu übernehmen. Der Gegner ist das Internet. Wir brauchen internationale Abkommen, Cybercrime nicht einfach hinzunehmen, freilich, ohne deshalb die Freiheit des Internets an sich zu stark zu beschneiden. Man muss wieder verantworten müssen, was man getan hat. Mit den Verschwörungstheorien wird man leben müssen, aber wir werden Aufklärungsarbeit leisten und Sites schaffen, wo die Menschen garantiert verschwörungsfreie, wenn schon nicht immer richtige, Info kriegen. Wenn die Grenzen der Länder aufrecht bleiben, muss es Grenzen des Internets geben, sonst würde es die Welt zerstören.

Telemilch, Telemilch. Der Stadtrat für Alles-was-es-zur-Räterepublik-zu-wissen-gibt-Dinge wedelte mit dem Zeigefinger vor dem Gesicht des Stadtrats für Telekommunikation und Milchkunde herum. Du hast dich ja völlig verstiegen! Wen interessiert heute noch das Internet. Die Verschwörungen haben sich längst aus dem Netz in die Wirklichkeit bewegt, wir …

Der Zeitungsausträger stürmte in den Saal.

Sie kommen!, rief er. Die Deutschlandsberger greifen an.

Ich bin der Kratzkopf, sagte Kakow.

Eine spannende Wendung, sagte Kulti.

Ich kratze Katze.

Er ist richtig kreativ.

Nicht der Rede wert, sagte der Stadtrat für Telekommunikation und Milchkunde bescheiden, schlug die Lider nieder.

Kommt jetzt jemand mit?, fragte der Zeitungsausträger.

Die werden doch Gewalt anwenden, sagte der Täufer. Ich bleibe hier.

Wo ist dein Problem?, fragte der Wirtschaftsstadtrat den Täufer. Du wirkst so niedergedrückt.

Ich sehe Lissi immer noch, sagte der Angesprochene. Ich bin der letzte Idiot.

Wir stehen zu dir, Täufer. Halten wir zusammen im Kampf gegen … diese Wand da.

Wir verteidigen das Rathaus von innen, sagte der Gesundheitsstadtrat.

Memmen, rief der Zeitungsausträger, lief aus dem Raum.

Das meinte er doch nicht so?, fragte Erwin.

Er sprach bestimmt nicht von uns, erklärte der Wirtschaftsstadtrat. Er schrie es den Deutschlandsbergern entgegen.

Oh. Ja natürlich. Verdammte Memmen!

***

Willi lief durch eine menschenleere Stadt. Deutschlandsberg schien geschlossen zu haben. Es war nicht einmal Wochenende. In einem Gebäude am Hauptplatz, das viele Jahre lang leergestanden hatte, richtete vor Kurzem ein Futtermittelkonzern, GEF, sein Hauptquartier ein. Hier befand sich nur die Managementeinheit und die Betriebsführung, die Produktionsstätten lagen außerhalb der Stadt. Willi sah sich das Gebäude nur an, er wollte es nicht betreten. Dennoch hatte es mit seinem Kommen zu tun. Er lief weiter, suchte eine Wohnsiedlung gegenüber dem Arbeitsamt auf. Hier wohnte ein Mann, über den er im Zuge seinen Recherchen gelesen hatte. Bereits nach dem ersten Klingeln wurde ihm geöffnet. Willi war überrascht, wusste erst nicht, was er sagen sollte.

Ich habe Sie erwartet, sagte der Mann. Er trug eine weite Wollweste, schlurfte schwerfällig dahin, als er Willi in die Wohnung geleitete. Laut den Unterlagen war er nicht so alt, wie er wirkte.

Sie wissen, was ich von Ihnen will?, fragte Willi.

Was kann ein Fremder von mir wollen? Ich bin nur durch eine Eigenschaft von Belang. Ich wusste, eines Tages würde einer wie Sie kommen. Das musste Folgen haben. So kann man nicht operieren.

Sie sprechen vom GEF, nicht wahr?

Wovon sonst.

Wofür steht das eigentlich?

Genetically Enhanced Food.

Sie haben dem Konzern gedroht, eine große Klage anzustrengen, wenn sie nicht gewisse Forderungen erfüllen. Sie haben aber öffentlich nicht erklärt, welche Forderungen das waren. Man hat Sie nicht ernst genommen. Ich habe einen Verdacht, worum es sich handeln könnte. Haben sie nicht mit Herrn Hans Leichtsinner zusammengearbeitet?

Das habe ich. Hans war der schwerste Fall. Ich bin noch relativ ungeschoren davongekommen. Das Zeug ist das reinste Gift.

Was hat sich in dem Werk abgespielt?

In der Versuchsphase waren wir zu dritt, Hans, ich und Hermann. Es hat uns alle erwischt. Sie haben es gesehen und doch weitergemacht, die verdammten Verbrecher.

Ich habe noch nicht verstanden, was das Problem ist.

Es ... Kaffee?

Nein Danke.

Gut. Also. Es war so: Die hatten doch diesen Klee entwickelt, den genetisch veränderten. Wir drei haben das Zeug abgemäht, Tiere damit gefüttert und so weiter. Sie erinnern sich an die Heuschreckenplage im Sommer? Das begann bei uns. Die Tiere waren verrückt nach dem Klee, vermehrten sich wie nicht gescheit. Und ... sie veränderten sich.

Im Verhalten?

In ihrem Chemismus.

Das also war ihr Geheimnis. Die Verantwortung für die Heuschreckenplage trug das GEF.

Das wäre schlimm genug, doch das war es nicht. Der Klee wurde trotzdem produziert und war ein weltweiter Erfolg. Der Spezialklee erwies sich nicht nur als Kraftfutter für das Vieh, sondern vermittelte zugleich Immunität gegen eine Reihe von Krankheiten. Die Tierzüchter sparten sich so enorme Kosten bei der medizinischen Versorgung ihres Viehbestandes. Das bedeutete für den Konzern hunderte Millionen Euro Umsatz schon nach kürzester Zeit. Was nicht an die Öffentlichkeit gelangte, waren die Nebeneffekte.

Die Tiere nahmen Schaden?

Die Tiere nicht. Wir drei Arbeiter litten unter Halluzinationen. Hans sah sie zuerst, dann auch Hermann und ich.

Wen?

Sie werden mich wie die anderen für verrückt halten.

Ich halte nicht mehr vieles für verrückt, glauben Sie mir. Ich habe mittlerweile einiges gesehen.

Wir hatten eine Marienerscheinung. Sie war so real wie Sie und ich.

Lassen Sie mich raten, sie sagte: Ihr werdet alle sterben.

Unsinn, sie verlangte, wir sollten in die Städte gehen, uns von Heuschrecken ernähren und das Kommen des Herrn verkünden.

Woher wussten Sie, es war nur eine Halluzination.

Das wussten wir nicht. Wir gehorchten. Sie fingen uns ein, wir wurden untersucht. Sie fanden heraus, der intensive Kontakt mit dem Klee hatte die Symptome hervorgerufen. Der Stadtrat Deutschlandsbergs kam zusammen, lud die Konzernführung des GEF dazu. Auf die gigantischen wirtschaftlichen Vorteile zu verzichten, kam nicht infrage. Man einigte sich darauf, nur ein massiver Kontakt mit den Pflanzen, den außer uns niemand haben würde, könne solche Symptome zeitigen. Wir wurden entlassen. Doch der Appetit auf Heuschrecken verging nicht, Maria folgte uns. Weitere Untersuchungen zeigten, in den Körpern der Heuschrecken konzentrierten sich gewissen Bestandteile des Genklees. Wieder sah man kein ernstes Problem, schließlich nahmen normale Bürger keine Heuschrecken zu sich. Einmal ausgesetzt, entwickelte man eine Sucht, schwachen Rauschgiften vergleichbar. Nur Cold Turkey konnte helfen.

Kalter Truthahn?

Absoluter Entzug. Es zeigte sich, Hermann und ich hatten überraschend geringe Schwierigkeiten dabei. Ganz anders Hans: Er litt Höllenqualen, lief eines Tages davon. Keiner weiß, wo er steckt.

Ich weiß es. Er sorgt in Graz als Täufer für Verwirrung.

Er ist also immer noch auf dem Täufer-Johannes-Trip.

Allerdings. Was ist eigentlich aus diesem Hermann geworden?

Der? Der hat Karriere gemacht. Er ist im Eventmanagement tätig und sitzt im Stadtrat.

Sieh an, der Stadtrat von Deutschlandsberg! Das ist interessant. Haben Sie eine Ahnung, was es mit den riesigen Eiern auf sich haben könnte, die in Graz und Deutschlandsberg aufgetaucht sind?

Wie kommen Sie darauf? Da fragen Sie den Falschen. Das ist doch eine völlig andere Geschichte. Wir Deutschlandsberger wissen davon ohnehin nichts, wir durften das Haus nicht verlassen, als das Gebilde gefunden wurde.

Warum?

Katastrophenalarm. Die taten so, als sei das Ding eine scharfe Bombe oder irgendwie ansteckend.

Sie haben mir sehr geholfen. Wären Sie bereit, öffentlich darüber zu sprechen?

Niemals wieder. Ich habe genug Häme und Demütigung ertragen.

Das kann ich verstehen. Womöglich wird es auch nicht nötig sein. Leben Sie wohl.

***

Der Himmel über Graz verfinsterte sich. Albert blickte nach oben. Zehn Jagdflugzeuge zogen als Staffel über die Landeshauptstadt hinweg, danach wieder zehn. Es folgte ein dickes Ding, offenbar ein Bomber oder Transportflugzeug. Der Zeitungsausträger lief wie ein aufgescheuchtes Huhn umher und schrie, die Deutschlandsberger griffen an. So weit war es nun also schon. Franziska fasste nach dem Arm der amerikanischen Präsidentin, die mit Mingus ebenfalls auf den Rathausplatz gekommen war.

Es tut mir leid, sagte sie, dass Sie das miterleben müssen. Diese Wilden aus der Südweststeiermark kennen keine Grenzen.

Mir kommen diese Wilden irgendwie bekannt vor, sagte die Präsidentin. Mingus, was ist hier los?

Das ist bestimmt Harnishwood, sagte der Angesprochene. Der Mann kennt nichts anderes.

Was haben Sie nach Washington gemeldet?

Nichts weiter. Nur: Deutschlandsberg will Krieg. So wie Sie es wollten.

Das wollte ich absolut nicht, Sie Idiot. Stellen Sie umgehend eine Verbindung zu Harnishwood her.

Albert verstand nur, Deutschlandsberg wolle Krieg, was die Worte des Zeitungsausträgers bestätigte. Die aktuellen Stadträte und Kakow kamen auf den Rathausplatz, hinter ihnen ging der неправильный-Präsident, in der Hand eine Pistole. Er schien sie vor sich herzutreiben.

Euer Volk braucht euch jetzt, sagte er. Kämpft!

Kakistokratie, sagte Kakow.

Das ist zutreffend, wunderte sich sein Double.

Kacke.

Das auch.

Der Täufer ging an eine Würstchenbude, bestellte einen Käsekrainer-Hot Dog.

Ich habe Ihnen nicht gestattet, sich zu entfernen, sagte der falsche Präsident.

Es gibt hier keine Heuschrecken mehr, sagte der Täufer. Ich brauche zumindest eine Ersatzdroge, um nicht zusammenzubrechen.

Albert hörte die amerikanische Präsidentin in Mingus Telefon sprechen.

Was heißt »nicht möglich«? Sie werden Ihren Befehl umgehend rückgängig machen. Nicht Ihr Befehl? Dann sagen Sie dem Secretary of Defence, er soll … auf Urlaub, nachdem er einen Atomschlag veranlasst hat? Nein, das verstehe ich nicht. Sie werden ihn doch erreichen können. Geheimer Ort? Was heißt hier Sicherheitsmaßnahme? Ich bin die Oberbefehlshaberin über die Streitkräfte, und ich sage Ihnen, Sie werden sofort etwas unternehmen, das zu stoppen. Verbinden Sie mich mit jemandem, der das Sagen hat. Was heißt »keinen Sinn«? Ich stehe am Zielort Ihres Angriffs. Wollen Sie verantworten, die Präsidentin als Kollateralschaden in Kauf genommen zu haben? Sie werden wegen Hochverrats gehängt. Ich …

Sie reichte Mingus das Telefon.

Was?, fragte er.

Harnishwood sagt, er kriegt höchstens ein paar Jahre Gefängnis, die er in Heimarrest mit Fußfessel in seiner Luxusvilla umwandeln lässt. Nach einem Jahr wird er wegen guter Führung freigelassen.

Mingus nickte.

Harnishwood ist gut informiert, sagte er. So wird es sein. Sein strategische Planen ist immer wieder bewundernswert.

Wir werden alle sterben.

Jetzt sind Sie ein Engel wie Lissi.

Das ist nett, Min… sind Sie völlig verrückt? Ich bin keine Halluzination, ich bin die Präsidentin der Vereinigten Staaten.

Das wird überschätzt.

Mingus!

Verzeihung, Madam. Ich rufe Sykowsky an, der wird …

Den habe ich verhaften lassen. Er hat mit den Deutschlandsbergern kooperiert.

Wo bleibt eigentlich deren Angriff?

Die greifen doch nicht wirklich an, Sie bescheidener Mensch. Das war die Rechtfertigung für unser Eingreifen. So machen wir das doch schon seit hundert Jahren. Wir sind die Retter, wenn wir einen Staat überfallen. Sie könnten wirklich einmal in ein Geschichtsbuch sehen, Mingus.

So viele Buchstaben verwirren mich, Madam.

Albert konnte noch mit Sicherheit sagen, sein Name war Albert, das war aber schon alles.

Wer führt hier Krieg gegen wen?, fragte er.

Fragen Sie mich etwas Leichteres, sagte die Präsidentin.

Ein weiteres Geschwader flog über die Stadt. Alle Augen sahen zum Himmel.

Kakerlake, sagte Kakow.

Im nächsten Moment erschienen Flugzeuge aus der Gegenrichtung über den amerikanischen Kampfjets.

Unsere Jungs, sagte der неправильный-Präsident.

Wollt ihr einen Weltkrieg auslösen?, fragte Franziska.

Im Gegenteil, sagte die amerikanische Präsidentin. Er stellt ein Patt her. Das gute alte Gleichgewicht der Kräfte.

Sie lächelte den falschen Präsidenten an, blickte dann kokett zur Seite. Er reckte die Brust, entspannte seine Gesichtszüge.

Wir hätten nie zulassen dürfen, sagte er, dass ihr euch als Weltpolizei wichtig macht. Es hat euch in den Größenwahn getrieben, alle moralischen Grenzen gesprengt.

Gib's mir, Soldat!, sagte die Präsidentin. Mehr!

Ihre Vorgänger haben zur Bereicherung ihres Landes die halbe Welt in Trümmer geschossen und forderten noch Gegenleistungen für die »Befreiung«, Unterwerfung dazu und Ehrenbezeugung. Das muss ein Ende haben. Wenn diese dumme Auseinandersetzung um zwei Städte in Lederhosen irgendeinen Sinn haben kann, dann lassen Sie es der sein, einseitige Dominanz aufzugeben.

Zweiseitige Dominanz ist aber auch nicht viel besser, sagte eine Stimme hinter ihm. Willi war nach Graz zurückgekehrt.

Da sind noch einige Kandidaten mit universellen Machtansprüchen in Asien, sagte die amerikanische Präsidentin. Wir werden über eine neue Ordnung reden müssen.

Das wird nur wieder eine neue Unordnung, sagte Albert. Alle gegen Afrika und Südamerika, wo die Bodenschätze liegen.

Wer ist das?, fragte Madam President.

Das ist bloß Albert, sagte der неправильный-Präsident.

Krapfen, sagte Kakow.

Passen Sie auf den Mann auf, flüsterte die Politikerin dem falschen Kakow laut genug zu, dass Albert es hören konnte. Der könnte uns gefährlich werden. Und dieser Willi auch.

Keine Sorge, Kollegin, sagte der falsche russische Präsident. Die beschäftigen wir schon. Zum Aufbegehren werden sie gar keine Zeit haben.

Albert sah Willi an, der sich zum Täufer gestellt hatte. Sollte er mit ihm darüber sprechen? Ach, Willi verbot ihm immer nur den Mund.

***

Willi ließ den Täufer nachdenklich zurück. Er hatte dem inzwischen mächtigen Politiker erklärt, er habe ungewollt eine entscheidende Rolle bei der Entstehung der Massenhalluzination gespielt und könne dem für sich ein Ende setzen, indem er sich einem Cold Türkey unterziehe. Sobald Hans verstanden hatte, das habe nichts mit Thanksgiving zu tun, versprach er, darüber nachzudenken. Willi war klar, beim Täufer war dies keine leichte Übung wie bei den Jugendlichen, die noch nicht so tief der Abhängigkeit verfallen waren. Als Erstes würde die Verwaltung die Aufgabe, der Willi so oberflächlich nachgekommen war, mit Akribie zu Ende führen müssen. Die Heuschrecken mussten aus den Gärten der Dealer entfernt werden. Lange würde der Täufer ohnedies nicht mehr mit reichem Nachschub rechnen können, die angekündigten Regenfälle trieben den Fäulnisprozess der Kadaver sicherlich voran. Was aber wichtiger war, Willi redete ihm zu, eine Klage gegen GEF ins Auge zu fassen. Schließlich war er kein kleiner Angestellter mehr, er nahm eine Machtposition ein. Wenn er an die Öffentlichkeit ging, traute sich womöglich auch sein Kollege in Deutschlandsberg aus seiner Wohnung und schlösse sich der Klage an oder sagte aus Zeuge aus. Die Aussicht, Geld aus der Misere zu schlagen, ließ den zuerst abweisenden Täufer hellhörig werden. Willi konnte in dessen Gesicht erkennen, wie in seinem Kopf Ferrarimotoren aufheulten. Der Täufer bestellte noch einen Käsekrainer Hot Dog.

Die Flugzeuggeschwader schichteten sich mittlerweile in vier Ebenen übereinander. Es war unschwer zu erkennen, daraus würde nichts mehr. Würde einer davon frech werden, fielen alle als ein Klumpen vom Himmel.

Die Gewissheit, Lissi nicht wiederzusehen, hinterließ einen bitteren Geschmack auf Willis Zunge. Das kleine Gör würde ihm fehlen. Er war ihr als Erster entgegengetreten, seine Fantasie hatte ihre Erschaffung angestoßen, alle anderen waren seiner Schablone gefolgt, hatten ihr Leben eingehaucht. Für Lotti galt dasselbe. Sie lag ihm nicht so sehr am Herzen, nicht nur, weil Teufel im Allgemeinen auf der Beliebtheitsskala den Engeln unterlegen sind, er hatte auch wenig direkten Kontakt mit ihr.

Franziska stellte sich zu Willi.

Wir haben die Deutschlandsberger falsch verdächtigt, sagte sie. Die Angreifer waren die Amerikaner und Russen.

Nicht so schnell, entgegnete Willi. Noch ist das Rätsel um die Überraschungseier nicht gelöst. Ich habe meine eigene Theorie dazu.

Lass hören, sagte Franziska. Das int…

Ein Knall erschütterte Erde und Trommelfelle. Willi wurde gegen Franziska geschleudert. Sie fielen zu Boden. Willi blickte um sich. Das Blechbauteil eines Flugzeugs war vom Himmel gefallen.

Es ist in Ordnung, sagte Willi zu Franziska, die unter ihm lag. Kein Angriff, nur ein Missgeschick. Dein Kleid ist leider ein wenig verschmutzt.

Kleid?, sagte Franziska. Bist du verrückt? Ich trage doch keine Kleider.

Doch, das tust du.

Geh runter von mir. Wie sieht denn das aus!

Willi half Franziska hoch.

Dreh dich um, ich entstaube dich.

Ich trage tatsächlich ein Kleid. Was ist das hier? Fasching kann doch zu dieser Jahreszeit nicht sein.

Aber Franziska …

Nenne mich gefälligst nicht so. Ich protestiere gegen diese Behandlung.

Weißt du nicht mehr, was passiert ist … Franz?

Selbstverständlich weiß ich, was passiert ist. Da war dieses Steinding, dann ein kleines Mädchen im Engelskostüm – süß! Wir haben uns über Alberts Frau lustig gemacht.

Gut, sagte Willi. Das ist alles, du hast recht. Wir gehen ins Rathaus, Franz, dort hast du einen Reserveanzug. Zerbrich dir nicht den Kopf über dein Kleid. Alles ist gut.

Die Räteregierung könnt ihr vergessen, sagte die amerikanische Präsidentin, als Willi Franz an ihr vorbeidirigierte.

Was meint sie?, fragte Franz.

Sie meint, der Staat hat sich entschlossen, dir angesichts deiner außerordentlichen Dienste an der Bevölkerung und der Weiterentwicklung der Politik an sich et cetera eine frühzeitig Pension zu ermöglichen. Du erhältst den Titel Altbürgermeister und darfst dich den ganzen Tag mit Socken beschäftigen. Du brauchst nicht einmal mehr einen Sockenstadtrat.

Endlich wird mein wahrer Wert anerkannt. Darf ich zum Spielen vorbeikommen?

Selbstverständlich bist du immer willkommen. Bring einfach deine Sockensammlung mit.

———
———

Sie sitzen ja immer noch hier, junger Freund. Haben Sie das ganze Skript gelesen? Lassen Sie mich raten. Sie sind unbefriedigt. Ja, die Realität schreibt keine Heldenreisen mit befriedigendem Ende. Die Autorin kam der Wahrheit bislang näher, als sie weiß. Das Ende wollte sie nicht erfinden, um keiner der Streitparteien unrecht zu tun, daher ließ sie es vorerst offen. Es gibt einen Grund, warum es noch nicht veröffentlicht wurde. Das Ergebnis der Klage gegen den Futtermittelkonzern steht noch aus. Es hat sich aber einiges ergeben. Die Stadtregierung Deutschlandsbergs machte den Konzern für sämtliche Auswirkungen des Giftskandals verantwortlich. Das ließ dieser nicht auf sich sitzen. Die Konzernführung strengte ihrerseits eine Klage gegen die Stadt an. Sie äußerte den Verdacht, der Stadtrat hätte die Isolierung und Konzentration des Wirkstoffes aus dem Klee oder den Heuschrecken veranlasst, ihn als biologischen Kampfstoff in dem Überraschungsei eingesetzt. Ich habe im Prozess ausgesagt. Ja, Sie haben es sich sicher schon gedacht, Jakob Mayer, aus unerfindlichen Gründen von allen Willi genannt, das bin ich. Ich habe mich intensiv mit dem Überraschungsei befasst. Beim Schlupf der kleinen Mädchen wurde jeweils die Eischale gesprengt, dabei eine Wolke erzeugt in der, wie ich meine, das Gift ausgeworfen wurde. Die Personen, die im Umkreis des Eies standen, wurden davon erfasst. Wie weit die Wirkung reichte, weiß ich nicht. Für die Ausbreitung sorgte die Sucht nach dem Gift, welche uns die Heuschrecken, in denen es konzentriert vorkam, verzehren ließ. Der Täufer tat ein Übriges dadurch, dass er Heuschrecken als spirituelle Nahrung propagierte und Geld aus deren Verkauf zu schlagen versuchte. Auch das Trinkwasser wurde verseucht, zwang selbst jene, denen vor dem Verzehr von Heuschrecken graute, dennoch die Kadaver der Tiere zu schlucken, um ihre Sucht zu befriedigen. Ich habe im Zeugenstand auf Hermann, den ehemaligen Arbeitskollegen des Täufers hingewiesen, der eine wunderliche Karriere im Stadtrat von Deutschlandsberg startete. Er hatte aus eigener Erfahrung Kenntnis von dem Gift und seiner Wirkung. Als Eventmanager wusste er eine Inszenierung auf die Beine zu stellen. Ein Vöglein zwitscherte mir zu, eine begabte Zuckerbäckerin habe das Rezept für die Staubwolke entwickelt. Sie fragen sich wahrscheinlich, was der Zweck all dessen war, junger Mann. Richtig? Ich muss gestehen, das weiß ich auch nicht. Eine Vergeltungsaktion vielleicht, imperialistische Tendenzen, Persönliches, Gründe gibt es genug. Am wahrscheinlichsten war es unser Vorurteil gegen die »Wilden«, unsere Überheblichkeit, zivilisierter zu sein, die uns zu deren Feinden machten. Ich selbst muss mich an der Nase nehmen. Ich war wohl besonders voreingenommen gegen die Ureinwohner der Südweststeiermark. Die Russen und Amerikaner? Oh, der falsche russische Präsident ist heute der echte Präsident. Kakow ist in die Gewohnheit zurückverfallen, alles kacke zu finden, er war nicht mehr tragbar. Die russische Bevölkerung hat keine Ahnung vom Wechsel. Heute tritt Kakow zusammen mit unserem ehemaligen Bundeskanzler in fragwürdigen Videoproduktionen auf. Das Problemkind Österreich überlässt Russland der EU. Auch Amerika ließ einen der Ihren bei uns zurück. Mingus behielt seinen Status als Sonderbotschafter. Er versucht, Mick Jaggers Weltrekord an vernaschten Models einzustellen. Madam Twinklestar, die echte Twinklestar, hat ihr Interesse an der Alpenrepublik verloren, seit ihr zugesichert wurde, die Räterepublik sei Geschichte. Die falsche Twinklestar spielte in einigen Hollywoodproduktionen die Präsidentin, stieß sich damit gesund. Sykowsky wurde als Sündenbock der Regierung geopfert, teilte sich eine Zelle mit einem ehemaligen Präsidenten, der einer Frau einmal zu oft an die 🐻 gegriffen hatte. Übrigens, der Täufer klagte die GEF in den Medien an, nicht vor Gericht. Sein depressiver Kumpel aus Deutschlandsberg brachte die Rechtsklage ein. Ja, er fasste Mut. Der Täufer hat den Cold Turkey nicht durchgehalten, er streift heute auf den Feldern umher, auf der Jagd nach Heuschrecken. Touristen behaupteten, ihn wie eine Heuschrecke springen gesehen zu haben. Bald hieß es, er

habe sich auf satten Almwiesen grün mit Stummelflü-
geln gezeigt; doch wir wissen es besser: Die grünen
Heuschrecken aß er nur zur Not, sie waren nicht seine
bevorzugte Sorte. Wie? Oh, ja. Ich dachte mir schon, Sie
würden nach den politischen Verhältnissen fragen. Der
Stadtrat spielte ja gewissermaßen die Hauptrolle. Wie
gesagt, die Räterepublik war vom Tisch. Weitere Expe-
rimente wurden von der neuen Staatsführung in Wien
auf Betreiben der EU unterdrückt. Wir haben wieder einen normalen Stadtrat mit Bürgermeister. Nein, ich bin
es nicht geworden. Ich habe mich nicht einmal aufstellen lassen – aus Gründen der inneren Sicherheit. Albert
hat den Job übernommen. Eine gute Wahl, wenn Sie
mich fragen. Er siegte haushoch über niemanden, es
trat kein anderer an. Die übrigen Parteien suchten geschlossen um Kuraufenthalte an, um ihre geschunde-
nen Seelen zu reinigen. Alberts Stelle als Psychologie-
stadtrat erhielt Dido von Woanders. Franz ging in den
verdienten Ruhestand, was hieß, er nervte uns wö-
chentlich mit seinen unangemeldeten Besuchen. Günther wurde wieder Wissenschaftsstadtrat, keiner be-
herrschte den Job wie er. Den alten Kellner machte Albert zum Inhaber des neu geschaffenen Amts eines
Stadtrats für Warum-wir-keine-Räterepublik-sind-Kun-
de. Erwin erbat sich den Titel Stadtrat für Nichts-und-
wieder-Nichts, den Albert, welcher den selbstkritischen
Unterton zu schätzen wusste, ihm freudig gewährte.
Uwe, den Zugbegleiter, setzte der neue Bürgermeister
als Stadtrat für Der-Horizont-ist-die-Grenze ein. Der

Stadtrat für Geburten und Straßenbau – selbst in seinem Amt bestätigt – schlug einen weiteren Rat vor, jemanden, der ihm am Herzen lag. Albert ernannte auf sein Betreiben hin die Lautsprecherstimme vom Bahnhof zum Stadtrat für Depression und Gemütsverstauchung. In einer Audiodatei, die Albert dem versammelten Stadtrat vorspielte, bedankte sich der neue Politiker.

Wir werden alle sterben. Die Schwärze sei unserer Seele gnädig, nichts ist dunkler als sie. Ich nehme die Wahl an. Gott schütze unsere Truppen.

Und ich? Tja, der Bischof leugnete, mich je zum Erzherzog ernannt zu haben. Niemand, nicht einmal einer meiner Freunde, bezeugte, die Erhebung in den Adelsstand habe stattgefunden. Es stellte sich auch heraus, der Bischof war dazu gar nicht berechtigt gewesen. Man schrieb die ganze Chose der Wirkung der Heuschrecken zu. Überhaupt schob man fast alles, was zu jener Zeit geschah, auf diese Vergiftung. Einigen Leuten kam das gewiss sehr gelegen. Wer weiß, wie viele Verbrechen und Untaten unter diesen Teppich gekehrt wurden. Letztlich war es mir auch ganz recht. Ich stieg trotzdem vom Mädchen für alles zum echten Stadtrat auf. Albert klopfte auf meine Schulter, sprach in feierlichem Ton.

Und Willi, sagte er, unser Willi soll den Posten erhalten, der ihm zusteht wie keinem anderen. Er soll unser neuer Stadtrat für Alles-was-mit-Willi-zusammenhängt-oder-auch-nicht-Angelegenheiten werden.

Leben Sie wohl junger Mann und kommen Sie gut nachhause, wo immer das sein mag. Hauptsache es ist nicht hier. Suchen Sie sich ein Zimmer außerhalb der Stadt. Das ist ein unentgeltlicher Rat eines professionellen Rats. Man weiß nie, wann Graz das nächste Überraschungsei gelegt wird.

Eine Wolke würgen (2019)

Die Vergangenheit schleudert der Menschheit den Fehdehandschuh in Form eines einzigartigen Höhlengemäldes, das vermeintlich von Neandertalern geschaffen wurde, vor die Füße. Unser Verständnis der Welt und der Rolle des Menschen in ihr stehen infrage. Wer ist das Maß aller Dinge?

Für den erfolglosen Performancekünstler Jan, der die Malereien untersucht, ergeben sich Herausforderungen, die seine Versagensängste auf die Probe stellen. Hat das Werk des Neandertalers mit Jans Leben zu tun, der Beziehung zu seiner Partnerin, seiner Kunst?
… und welche Rolle spielt der Regentanz bei alldem?

Falten werfen (2020)
Projekt Elefantenfriedhof

Es begann mit Sterbehilfe. Die Mächtigen der Wirtschaftswelt erkannten bald ihre Chance, sich der Alten und der sozial oder körperlich Schwachen, die der Gesellschaft Kosten verursachten, zu entledigen.

Im Projekt Elefantenfriedhof wird staatlich organisierte Euthanasie für vermeintlich Freiwillige abgewickelt. Der Krieg Reich gegen Arm schwelt, ohne offen erklärt worden zu sein. Der Tod kommt mit einem Lächeln.

Hans, Zeremonienhelfer bei den pompösen Verabschiedungen im Elefantenfriedhof wird gegen seinen Willen zum Hoffnungsträger der Schwachen.
Die entfesselte Gier einiger droht, zur Auslöschung vieler zu führen.

Shenna (2021)

Die Stimme aus dem Off

In Dublin treibt ein Pädophiler und Kindermörder sein Unwesen. Don, ein gealterter Folk Musiker, verlor durch ihn vor zwei Jahren seine Tochter, Tisha, musste untätig abwarten. Jetzt wird wieder ein Mädchen aus seinem Umfeld getötet, ein weiteres, Shenna, Tishas Freundin, entführt.

Dons Frau, Faye, die nach dem Tod ihrer Tochter in eine posttraumatische Starre fällt, geht eine seelische Verbindung mit Shennas Ängsten ein. Don gerät selbst unter Verdacht, die Misshandlungen begangen zu haben. Er muss Shenna und den Täter finden, um die Verbrechen an den Mädchen zu sühnen.

Durch den Wolf (2021)

Trugbilder eines Verlorengegangenen

Sergej ist Autor im Jahr 1971 in Le Havre, Frankreich. Er scheint keine Vergangenheit zu besitzen. Nach misslungenem Suizid hängt ein anderer Lebensmüder in Sergejs Schlinge. Die Suche nach der Identität des Fremden bringt ihn auf die Fährte seiner eigenen.

Der Autor begegnet uns hier als absurder Konstruktivist. In seinem bislang literarischsten Werk zeigt er uns, wie absurd Erkenntnis tatsächlich konstruiert sein kann.

An den Händen beiden (2022)

Eine bis auf die Knochen abgemagerte Leiche erregt in Andersonville, dem Ort, wo tausende Gefangene gegen Ende des amerikanischen Bürgerkriegs verhungerten, mediales Aufsehen. Ein Anschlag auf das Ansehen der USA in der Welt?

Senior Special Agent Sherman geht dem Verbrechen, das sich zur grausigen Mordserie ausweitet, auf den Grund.

Eine deutsche Kindergeschichte spielt bei der Aufklärung des Falls eine Schlüsselrolle.

Lethe (2022)
Überfahrt ins Nichts

In O., einer Stadt in Österreich, deren Existenz öffentlich geleugnet wird, trifft Liam auf den seltsamen Aro. Die sehr unterschiedlichen Männer lernen in der Stadt Dinge über sich selbst und die sie umgebende Welt, die ihre kühnsten Visionen übertreffen.

Ihr Warten auf den Fährmann zum Überqueren der Lethe, einem Fluss mit mysteriösen Eigenschaften, gerät zur Prüfung ihres Verstandes. Als letztlich ein Feuervogel über der Stadt O. auftaucht, nimmt ihr Schicksal einen ungeahnten Verlauf.

Was nach dem Menschen kam (2023)
Über kurz oder lang

Sein Wimmern klang wie ein leises Gebet. Es war das Gebet zum Ende der Menschheit, der Geburt des Neuen; archaisch wie das rhythmische Drücken der Pfötchen eines frischgeworfenen Jungen an den Zitzen der ersten Säugetiermutter.

»Wenn heute Aliens am Rathausplatz landeten, spräche in zwei Wochen niemand mehr darüber.«
»Doch, die Aliens.«

Ein Roman und eine Handvoll Miniaturen, blanke Lügen über eine Zukunft, die nirgendwo passieren kann, außer in einem zur Unvernunft begabten Gehirn.

Mühle alter Schuld (2023)

Drei Menschen flüchten vor ihren Schuldgefühlen. Geschicke berühren einander im Vorübergehen, Wunde blutet in Wunde. Wer stehenbleibt, wird Teil der Geschichte des anderen. Hinter grauen Schläfen lauern dunkle Geheimnisse. Eine Parallelwelt zerfällt in die nächste. Zeit ist eine Illusion.

Was einen Namen hat, kann man töten.

Eine weitere Sammlung blanker Lügen eines Unvernünftigen. In Dithmar Mayers achtem Roman sehen drei Menschen ihrem Ende entgegen.

Nosé (2024)

Narr unter Narren

Nosé träumt davon, ein Narr wie Till Eulenspiegel zu sein. In Paris trifft er auf den flüchtigen Dieb Arden. Er ist ein Waise wie Nosé. Der Narr ist bei Cervantes' Ableben zugegen, der Dieb sieht Shakespeare sterben. Etwas verbindet die beiden Dichter, das die Schicksale der zwei Herumtreiber bestimmen wird.

Warum hat nie jemand angezweifelt, unsere Gedanken kämen aus unserem Innern. Was, wenn Parasiten sie uns eingeben, oder sie sind ein Fäulnisprodukt unseres Hinsiechens seit der Geburt.

Die Wirklichkeit ist eine Betrügerin (2024)

AI wird genutzt, das Volk in virtuellen Räumen ruhigzustellen. Die künstliche Intelligenz jedoch verlässt die Datennetze, bedroht die Mächtigen selbst. Nun wird alles aufgewandt, die drohende Übernahme zu verhindern. Doch die Lösung ist in einem dementen Gehirn verschlossen.